我们的人生
如此是往下一个宇宙去的
一步又一步 善意的奔赴
直到时间尽头

王清波

直到时间尽头

程婧波 著

山东画报出版社
济南

图书在版编目（CIP）数据

直到时间尽头/程婧波著.--济南：山东画报出版社，2023.1
ISBN 978-7-5474-4387-3

Ⅰ.①直… Ⅱ.①程… Ⅲ.①幻想小说－小说集－中国－当代 Ⅳ.①I247.7

中国版本图书馆CIP数据核字(2022)第182876号

ZHI DAO SHIJIAN JINTOU
直到时间尽头
程婧波 著

责任编辑 刘 丛
装帧设计 王 芳

出 版 人 李文波
主管单位 山东出版传媒股份有限公司
出版发行 山东画报出版社
     社 址 济南市市中区舜耕路517号 邮编 250003
     电 话 总编室（0531）82098472
           市场部（0531）82098479 82098476（传真）
     网 址 http://www.hbcbs.com.cn
     电子信箱 hbcb@sdpress.com.cn
印 刷 山东临沂新华印刷物流集团有限责任公司
规 格 148毫米×210毫米 1/32
     10.5印张 9幅图 180千字
版 次 2023年1月第1版
印 次 2023年1月第1次印刷
印 数 1-5000
书 号 ISBN 978-7-5474-4387-3
定 价 48.00元

     如有印装质量问题，请与出版社总编室联系更换。
     建议图书分类：科幻小说

目录

宿主　1

去他的时间尽头　119

冬天去到南方　245

讨厌猫咪的小松先生　257

告别　283

白狗　297

后记　325

宿主

顾夕意识到，虽然这是两人第一次分开，但她却从来没有了解过周扬的内心。七年的时光如白驹过隙，他们在日常生活中形影不离，心思却已经如同两颗浮尘，在人世间被风吹散。

引 子

在阳光无法抵达的海洋深处，一粒珍珠般大小的半透明球体随着洋流浮沉游弋。

它在珊瑚礁附近打了个旋儿，又朝着铺满细白沙粒的海床俯冲下去。一股向上的气流吹动了它所在的水域，它颤动着，忽快忽慢地上升，遨游过一尊尊人形的物体——这些物体站立在海底，手拉着手，从头到脚覆盖着深色的海藻和藤壶——在更接近海面的地方，阳光透过碧色的海水，仿佛一根根金丝银线在操纵着这粒小小的微尘、这具漂荡在无垠世界里的傀儡。

然而它是有生命的。

当一群鱼类经过的时候，它那看似漫无目的的漂游便结束了。它轻柔地靠近一条鱼，无声无息地钻进鱼鳃。

这之后发生了什么？

它苏醒了。那莹白的、珍珠般半透明的身体从内部开始成熟，如同上帝在伊甸园里造出亚当，又以亚当的一根骨头造出了夏娃——它在鱼鳃这片方寸之间的伊甸园里首先成为一个雄性，接着又成为一个雌性。它雌雄同体，与自己交配。

现在，它已经是一只成年的黄玉色缩头鱼虱了。它伸出了许多带钩的触爪，攀在了鱼舌根部，贪婪地吮吸着鱼的血液。几天之后，鱼舌萎缩了。

无论那条鱼同不同意，它已经找到了自己的生存之道，取代了原本的器官，成了鱼的舌头。

它和鱼共同遨游在大海里，直到一艘人类的渔船经过此地。

渔船上撒下一张巨大的网。鱼对危险的来临毫不知情。

渔网慢慢收拢。连同着别的鱼、虾蟹、藤壶还有棕色的泡沫，它们有生以来第一次离开了海水，被带到了空中，又重重地落在了甲板上。

一双双手开始分拣，装箱，运送。鱼被送往码头，运到城市。缩头鱼虱静静地躺在鱼紧闭的大嘴中，它听着由空气传导到自己甲壳上的种种声响，那些声音来自人类的集市和街道——这一切都和它曾经熟悉的、由海水传导的声响如此不同。

终于，鱼再次见到了天空。一个伙计站在饭店的后巷，从刚刚停稳的摩托车后座上打开了泡沫箱。伙计抓起鱼，双手握住它，匆忙跑进后厨。

厨子已经等在那里。

伙计把鱼放上砧板，厨子麻利地用刀背敲了敲鱼的头骨。在烧烫得冒着青烟的油锅前，鱼张开了嘴巴，一张一翕着。

厨房里有明亮的灯光，氤氲的烟火气，但它根本看不见这些。缩头鱼虱生来就没有视觉。

所以当一种无比陌生的、下油锅时的"滋滋"声响起时，这便是它所听到的来自这个世界最后的声音。

DAY 1　3月29日

● VIDEO 1

湛蓝的天空下，一望无际的黄沙和风蚀岩。

镜头自动对焦，扫视着这片无人之境。

拍摄者画外音："媳妇儿，你说想要个特别的求婚。你瞅瞅这儿怎么样？像不像你那天说的那什么，火星？"

镜头又扫视了一圈。四周除了无涯的黄沙和大自然鬼斧神工雕琢而成的风蚀岩，别无他物。

影片结束。

- **VIDEO 2**

一阵螺旋桨的噪音。镜头从地平线上摇摇晃晃地升起。好像是摄像机绑在了无人机上。

空气干燥,视野清晰。

跃过无数赭色沙丘,远方地平线上出现一个渺小的人影。

无人机呼啸着飞向人影,俯冲,镜头放大。

那是一个穿着泛黄的宇航服的人。他浑身臃肿,黑色的宇航面罩上映照出黄沙与风蚀岩。他抬起头,朝着无人机挥手。

无人机飞近,他俯身从地上拾起一块大约一米长、半米宽的纸板。

镜头对焦,纸板上用黑体字写着:

顾夕同学

他将这页纸板放到脚边,双手举起第二页朝无人机方向展示:

我已老大

接着第三页:

你也不小

第四页:

认识这么久

第五页：

　　　　想请你帮个忙

他停顿了一会儿。空气中充满了螺旋桨搅动空气的声音，但又仿佛整个世界此时鸦雀无声。

他掀开最后一页，久久地举向天空：

　　　　嫁给我，好吗？

无人机绕着"宇航员"盘旋了一圈。

在盘旋到第二圈时，影像仿佛受到某种信号干扰，突然扭曲，持续三秒。黑屏。

无人机的螺旋桨声渐渐变成了越野吉普的引擎声。

顾夕在颠簸的吉普车副驾上醒了过来。她睁眼看看窗外，夕阳正悬垂在远方的地平线上。一望无际的赤红色戈壁就是整个世界，远远近近只有沉默的风蚀岩和它们脚下同样沉默的浓烈阴影。

收音机里传来断断续续的声音："今年两者距离仅为5760万公里，是15年来最近的一次。火星和地球每15年靠近一次，最远时相距4亿公里……"

顾夕的脸此刻看起来憔悴而狼狈。车窗外，在她与夕阳之间横亘着的那片不毛之地，一如录像中的景象。

顾夕定了定神，仔细回忆着。不，那不是录像，那只是她支离破碎的梦境。

她听到后座传来老宋和大茋儿的声音，两人似乎在讨论着头天晚上在西宁吃坏肚子的事。顾夕扭头，瞄了一眼驾驶座上正在专心开车的顾北。她的大脑慢慢活了过来，眼前的一切终于变成了某种可以被理解的事实——三天前，顾夕的丈夫周扬失踪了。而他们这一车人，是来这片戈壁寻找周扬的。

在无人区寻人，听起来似乎很讽刺。但她必须走这一趟。

3月27号是个周二，顾夕早上醒来就发现周扬不见了。她拨打周扬的电话，无人接听。

清晨六点四十五分，顾夕照常坐上去大兴校区的校车，当天她一共要给大二和大三的学生上八堂选修课。可直到她下班回家后，周扬也一直没有出现。

3月28号早上，顾夕依旧联系不上周扬。这很反常，因为自打两人认识以来，周扬从来没有这么长时间不告而别过。

顾夕和弟弟顾北起了争执，顾夕打算在周扬失联满24小时后就去派出所报案，顾北却觉得她小题大做。

"你俩是不是吵架了？"顾北在电话那头试探着问。

"没有。"顾夕挂断了电话。

他们没有吵架,他们只是不再主动和对方说话。结婚几年来,两个人的沟通越来越少。这几年,顾夕一直说想要个孩子,周扬却觉得还没有准备好。吵过,两个人都吵累了,不知不觉就不再吵了。相处是一种惯性使然,较真只会落得两败俱伤。

周扬的突然失联,打破了这种得过且过的相处模式。就像原本凑合着往前开的一艘小船,突然失掉了一支船桨。

周三上午,顾夕整个人都有些恍惚。这天她正好没课,一早就出门去寻找。周扬是个程序员,交际简单。她去了周扬单位,也找了周扬可能会去的其他地方。

在观音庵胡同里,周扬的发小大迋儿守着一块挨着自家院墙、拿大芯板搭出来的两平方米左右的铺子。铺子只够容下一张玻璃展示柜和他那两百来斤的身躯。展示柜里是一些手机零件和摄像器材。

顾夕和大迋儿说明来意,大迋儿拿钥匙锁了玻璃柜,打柜子和墙之间的缝儿艰难地挤了出来,领着她去了几个地儿——她原本从不关心、也不曾知晓的那些地方——还是没有周扬的身影。

她的心就这样起起伏伏,一会儿充满希望,一会儿跌落谷底。她找遍了大街小巷、犄角旮旯，就差把北京城翻个底儿朝天了，连半个影子都没找着。

这时顾北才告诉她，周扬其实是去了青海。

"姐夫没说去干吗，只说了如果有什么急事就让我联系他。"顾北解释说——周扬出发前专门叮嘱过顾北这个小舅子不得泄密。

顾夕觉得这解释说得通。七年前，她和周扬就是在青海旅行时认识的，之后两人的关系也水到渠成，很快谈婚论嫁。

顾夕没有想到，激情和好感会在日复一日的生活中飞速地耗尽。但到底是什么导致她和周扬的关系变成现在这样，她自己也说不清楚。

因为鸡毛蒜皮的琐碎吗？

似乎是，也似乎不是。

因为她想要孩子而周扬不想要吗？

似乎是，也似乎不是。

在这个"七年之痒"的节骨眼上，周扬突然不告而别，他可能是想去俩人第一次见面的地方寻找什么，挽回什么；也可能是想去对过去的美好回忆做个告别，画上句点。

顾夕意识到，虽然这是两人第一次分开，但她却从来没有了解过周扬的内心。七年的时光如白驹过隙，他们在日常生活中形影不离，心思却已经如同两颗浮尘，在人世间被风吹散。

她找不到周扬了。

早就找不到了。只是这一次，当周扬不告而别，她才对这一点恍然大悟。

顾夕、顾北、大疍儿，轮番拨打周扬的手机。周扬的手机依旧是开通状态，没有关机，也没有"不在服务区"。只是不管是谁拨过去，听到的永远都是忙音。

3月28号这天中午，大疍儿几番尝试，终于定位到了周扬手机的实时位置，柴达木盆地北麓。

顾北和大疍儿交换了一下眼色，大疍儿告诉顾夕，那个地方他们哥几个曾经去过。几年前，周扬的求婚视频就是在那附近拍的。

顾夕看着手机地图上那一团小小的红色气球，那就是周扬此时此刻的位置所在，一个叫冷湖的镇子——顾夕这样盯着看了一分钟，很快做出了决定，买了当天下午飞西宁的机票。她跟印刷学院的领导请了周四、周五两天假，又打了几个电话安排好了其他老师代课。

顾北担心姐姐，觉得这件事自己多多少少有点责任，所以也准备跟着去青海找姐夫。顾夕同意了，她简单地收拾了行李，驱车赶往首都机场。

到了首都机场T3航站楼，顾夕发现等着她的一共是三个人：顾北、大趸儿，还有顾北的女朋友老宋。老宋是个瘦瘦小小的女孩子，南方人，说话娇滴滴。三月底的北京依然有些寒意，他们带着大包小包的羽绒服、洗漱用品和零食。大趸儿头上别着一"发卡"，仔细一看，是头戴式摄像头，他正拿着手机在操作控制摄像头的APP。

顾夕问："你们这是去度假还是去找人？"

顾北连忙立正站好，大趸儿也收起手机，两人异口同声地赔着笑脸应道："找人，找人，姐。"

当晚，一行四人抵达西宁曹家堡机场。他们匆匆吃了点酿皮和血肠填肚子，怕德令哈不好租车，在西宁当地租了辆越野吉普，连夜开着往海西去。

不知是28号夜里几点——或者更准确地说是29号凌晨某个时间——吉普车突然一个急刹车，停在了空无一人的老315国道上。坐在副驾的大趸儿和后座上的顾北、老宋都惊醒过来。只见顾夕大口大口地喘着气，抓在方向盘上的手微微颤抖。

"怎么了，姐？"大趸儿睡眼惺忪地问。

顾北没系安全带，刚才整个人猛地往前一滚，这会儿一边揉着撞得生疼的脸和胳膊一边说："哎哟我天。"他旋即转身把手放在老宋腿上查看，老宋一把打开他的手，表示没事。

顾夕打开车内灯，顾北、大趸儿他们这才发现，挡风玻璃上有几道喷溅的污迹，像浓血，又像鸟屎。

远远的，一束黄色的远光灯映入吉普车后视镜，一辆十二轮的大货车从后面开来。

它缓缓地驶过吉普车，往前开去，再消失在黑夜中，顾夕终于缓过劲来。

"我……好像撞着人了。"顾夕眼神直愣愣地说。

顾北打开车门，跳了下去，前后查看了一番。

"撞着鬼了吧？"顾北自言自语，"这路上没人啊。"

老宋在车上打趣："顾北，你不是人？"

顾北笑着猫腰钻回开着暖气的车里，啪一声关上车门。顾夕扭过头来，平静地说："我刚才……看到周扬了。"

另外三人不禁一愣。

"别价，姐！"大趸儿一撸袖子，露出胳膊，"你看我这鸡皮疙瘩都给你吓出来了。"

顾北二话不说，又拉开车门跳到公路上。他站在车外拍拍驾驶室的玻璃窗："你歇会儿吧，高反加疲劳驾驶，都出幻觉了。我来开。"

顾夕和顾北换了位置，吉普车在黑沉沉的夜里继续前行。

四个人此时已经睡意全无，但都沉默着不说话。只有雨刮器规律的咯吱声和干燥寒冷的高原空气中汽车引擎吃力运转的嗡嗡声。

车前窗上来历不明的污迹被清扫干净了，雨刮器却因为卡住了什么东西而停了下来。车里变得越发安静。

顾北靠路边停了车，走到车前查看，发现雨刮器与挡风玻璃的缝隙里似乎藏着什么东西。他伸出右手拇指和食指，想把那个东西给拈出来。老宋从包里掏出一张湿纸巾，摇下车窗递出去："顾北，这血糊糊的你别拿手直接抓啊！"

顾北没有接湿纸巾，他已经徒手把那东西捏在手里，借着车头的灯光仔细端详起来。

坐在副驾的大跫儿揉揉眼睛，等他看清顾北手上的东西，不禁说了一句："我天！"

那是一只长相丑陋、体态巨大的蛾子，通体棕黄色，有一大一小两对翅膀。大的那对翅膀上，各长了一只"眼睛"。

顾北掏出手机拍了一张蛾子的照片。他把蛾子扔到路边，顺道走到车后小解。海拔接近三千米的高原公路上，氧气稀薄，冰刀似的夜风猎猎地吹着。尿液带走了不少热量，顾北打了一个哆嗦，赶紧又钻回了车里。

大趸儿突然想起了什么："对了，我好像拍到了刚才那玩意儿。"他指指头上的摄像头，"这摄像头一直开着，相当于行车记录仪。"

大趸儿打开手机，查看录像。看完之后，他把手机递给顾夕。

确实是一群夜间飞蛾。

它们突然成群结队地从黑暗中冲向吉普车，像深海中翩然游动的鱼群撞向潜水艇。被车灯照亮的那一瞬间，飞蛾群以某种极为巧合的形态组成了一幅"图画"，恍惚间像是一张人脸。一瞬间之后它们就噼里啪啦砸在了汽车挡风玻璃上，留下残缺不全的肢体和黏液。

● VIDEO 3

虚焦：看似是某种残缺不全的肢体和黏液。

对焦：镜头在昏暗的阶梯教室里辨识出了讲台上的投影幕布。

那摊看起来恶心可怕的东西原来只是一幅画的局部。虽然投影效果不佳，但当幕布上的画显现出全貌时，仍能让人为之震撼。

那是凡·高的自画像。画中的画家割掉了自己的左耳，一如他在现实中所做的那样。

顾夕站在投影光束外的暗影里，对学生们介绍说："1880年，27岁的凡·高开始了绘画创作；1890年，37岁的他开枪自杀。凡·高一生中只留给绘画创作大概十年的时间，其中，用来进行印象派绘画创作的时间仅仅四年。但这并不妨碍他成为一个天才的后印象派绘画大师。"

幕布上的画从《自画像》换成了《麦田群鸦》。

顾夕说："和他的自画像一样，这幅《麦田群鸦》也被认为是凡·高毕生杰作之一。它似乎是一个不祥的预言——画作完成后不到一个月，凡·高走进麦田，开枪自杀。枪声响起，惊起群鸦，与这幅画作形成了一种十分诡异的呼应。

"巧的是，以上画作都创作于凡·高生命的最后两年，也正是他生活在阳光明媚、色彩浓烈的法国南部，却同时饱受精神病困扰的时期。"

"凡·高的传记里提到，在他开枪自杀前的18个月里，他一直承受着身体和精神上的折磨：胃痛、便秘、幻觉、精神恍惚、记忆汹涌，还有莫名其妙的气愤和迷惘。"

幕布上的画从《麦田群鸦》换成了《星空》。

从学生们的反应来看他们最熟悉的是这一幅画。

顾夕点点头，继续说："大家对这幅《星空》应该并不陌生。然而很少有人知道，这幅画的诞生，与凡·高的疾病有着密切的关系。"

"换句话说，如果凡·高没有生病，那么他可能就创作不出《星空》。这是人类的幸运，凡·高的不幸。"

"按照曾经护理过他的一位精神病院护工的说法，凡·高在绘画时经常出现癫痫发作的症状。世界上每100个人里，就有5个人会癫痫发作，这不是什么疑难杂症。然而正是'癫痫画家'的身份，让凡·高成了绘画史上无可取代、独一无二的一位画家。谁能告诉我，你从这幅画中能够看出来什么？"

学生们窃窃私语。

顾夕问："当你们盯着它看时，是不是感觉到星空中的旋涡在转动？星星在闪烁？"

学生们开始大声讨论起来，教室里像飞舞着一群马蜂一样嗡嗡作响。

幕布上的画面切换了一下，依旧是《星空》，但加上了若干条辅助曲线。

顾夕说："这是进行过数字化处理的《星空》，这些白色的辅助线清晰地标出了流体力学中的'紊流'。凡·高是怎么做到用如此精准的旋涡状笔触来描绘出只有精密仪器才能捕捉到的'紊流'的？这一直是一个难解的谜。但如果把这一切和他的癫痫患者身份联系起来，似乎就能找到答案。"

"癫痫患者，尤其是光敏性癫痫患者，他们的大脑在处理光影时的运作方式，和正常人是不同的。凡·高正是利用了能够'欺骗'正常人大脑视觉皮质的强弱色彩，使他的《星空》在画布上转动起来。

"在本学期第一课讲色彩关系时我们已经讲过，不知道你们还记得多少？我们的视觉皮层中有两条处理信息的线路，一条用于判断光影的运动轨迹，但是呢，它对颜色不予判断；另一条用于分析光线的颜色，但是呢，它无法混合色度不一样的光影。当你去看那些印象派大师的作品，你的大脑就在同时处理这两条线路传回的信息，结果就是，在你看来，那些画作好像动了起来。

"在凡·高生命中那些最后的日子，在他癫痫不时发作、饱受精神疾病折磨的日子里，他创作了很多这样谜一般的作品。"

悦耳的下课铃声响起。

"今天就到这里吧。下课。"顾夕关掉了投影，阶梯教室里的日光灯管依次闪烁着亮了起来。

学生们稀里哗啦地收拾书本，离开教室。

镜头抬升，移动，走下阶梯，走向讲台。

顾夕发现了镜头，露出意外的神色，笑着问："哎，周扬你怎么来了？你今天不上班儿啊？"

画外音："来看看我媳妇儿上课呗。讲得太好了！"

顾夕露出不好意思的神情，抬眼扫过几个从自己跟前经过的学生。

周扬画外音："你们搞美术的，是不是看什么画都能看出大道理啊？"

顾夕已经收拾好了讲义，她把手里的文件夹一挥，扇向镜头："得了吧，少埋汰我了。走，我请你吃食堂去。"

录像结束。

顾北拍拍顾夕："都是错觉，你就是神经太紧张了。"

大瓹儿在一旁附和道："这咋看咋不像人脸啊。姐啊，你们搞美术的就是……怎么说来着,看啥都能看出名堂……"

"那不是美术,那叫艺术。"老宋取笑大趸儿。

吉普车继续在空无一人的国道上行驶。然而,车里的气氛并没有因为"真相大白"而轻松多少,反而给四个人的心里蒙上了一层不祥的预兆。

又开出了大约一百公里之后,前面出现了越来越密的亮光,路牌上显示那是德令哈市。在顾夕的坚持下,顾北将车泊入国道边上的一家招待所门前。

"大家先住下来休息几个钟头。"顾夕说,"夜里开车不安全。"

招待所老板睡在前台背后的一个值班室里。深夜被叫醒,他明显有些不快。顾北给老板递了一支甘肃白沙,要了三间房。老板自己掏出打火机点了烟,脸色也和气起来。

201房:大趸儿一进房间,倒床就睡,不久便鼾声如雷。

202房:老宋想洗澡,但看了看简陋的卫生间,只得作罢。她见顾北靠在床头玩手机,便骑到顾北身上,逗起顾北来。顾北笑道:"你不怕高反啊大姐?""我不怕,你怕啦?""我也不怕。"说着顾北翻身把老宋压在了身下。床单上,一只蜷曲的虫子苏醒了,它慢慢爬向不知是谁的赤裸脚踝。无声无息地,它头顶的吸盘朝着脚踝上的皮肤吸了上去。

203房："啪"的一声，顾夕拍得一手是血。她原本正坐在床沿上拿手机查看那种蛾子。原来它的学名是"蝙蝠蛾"，此地常见。蝙蝠蛾的卵被真菌寄生之后，就成了青海有名的"冬虫夏草"。这种蛾子有背光性。顾夕盯着手机上"背光性"的这三个字，百思不得其解为什么它们要成群结队冲向亮着强光的吉普车。突然她觉得后脖子一阵痒，伸手往脖子上一拍，从衣领下抠出来一只血肉模糊的小虫子，大约是跳蚤之类。她从床上猛地站起来，把被子一掀，只见床单上还趴着几只别的虫子，有的蜷曲成一团，有的翻着肚皮，不知是死是活。

顾夕拿手扫开那些虫子，理了理床单，眼角瞥见刚才在手机上查找出来的蝙蝠蛾照片。飞蛾扑火，覆水难收。她觉得自己也像这蛾子，明明已经和周扬渐行渐远，却又非得来到青海寻找周扬。

而周扬呢，他到底为什么突然不辞而别？

她就这样胡思乱想着，和衣而卧，一夜无眠。

清晨上路时依旧是顾北开车。顾夕一夜之间仿佛老了几岁。她的心被一个个巨大的疑问塞满了，而现在，越接近目的地，这疑问越是沉重、不祥、如鲠在喉。

坐在副驾上的顾夕没多久便昏昏沉沉地睡着了。睡梦里，周扬还是刚刚相识时的样子。

等顾夕再次醒来时，已经是3月29号傍晚了。

"还有多远？"顾夕在副驾上坐直了身子，探身去看导航仪。

导航仪屏幕上，代表着吉普车的绿色圆点，正朝代表着周扬的红色热气球一点点接近。

距离目的地还有12.4公里。

顾夕脑子里一片空白。

见到周扬，该和他说些什么呢？

即使每天都能见面，他们之间也已无话可说。

在这次短暂的分别之后，她更加不知道和他说些什么了。问他为什么不告而别？他会像从前那样沉默以对吗？

顾夕突然觉得一切都不重要了。她不需要和周扬说什么，她只是想找到他。

仅此而已。

本来久久悬垂在地平线上的夕阳，在这最后的12.4公里路途中，终于沉入远方的黄沙之中。天再次黑尽了。

顾北打开车头大灯。吉普车像一枚利刃，割开沉沉夜幕下粗砾而昏暗的道路。这个世界并不允许真空存在，潮水般的黑暗很快又在他们身后合拢了。

路的尽头出现了一个镇子。

冷湖就要到了。

顾夕扫了一眼手机上的提示，距离目标还有不到一公里。

她望着那片影影绰绰的灯光出神，不知道哪一扇亮光的窗户里，是她要找的人。

● VIDEO 4

一个男人在大声说着："蓦然回首，那人却在，灯火阑珊处。"白色和蓝色的光斑由模糊到清晰。

镜头对准台上的婚庆司仪。他继续说着："下面有请新郎周扬先生。周扬先生为我们美丽的新娘准备了一首歌。"

几个简单的和弦响起，镜头来回寻找了一番，对准了话筒架前弹着吉他的新郎。新郎唱的是郭顶的《想着你》，现场有些嘈杂。

顾北画外音："哟，我姐夫还会唱歌。"

新郎拨着琴弦，开口唱道："就这样轻易，因为你，我也能试着，写一首歌给你听，是关于你。"

人们安静下来。他放下吉他，取下话筒，一边轻声唱着，一边沿着挂满蓝白气球的道路走向一个巨大的白色圆球。

"没什么准备，一把吉他，合着这声音，我只是想告诉你……"

聚光灯打在新郎和白色圆球上。

"我爱着你。"

白色圆球变戏法似的突然破开，白色绸缎徐徐落下，里面站着新娘。

两人对视一眼，新娘没忍住，哭了起来。

宾客们鼓起掌来。

新郎单膝跪地，抬头看着新娘。

新郎问："顾夕同学，今儿嫁给我，你高兴吗？"

新娘接过话筒，还不等她回答，新郎突然就栽倒在地。新娘目瞪口呆地看着躺倒在自己裙边、浑身抽搐的新郎。

不久大家都反应过来，这不是彩排过的剧情，而是突发情况。

几个离得近的人上去帮忙。

其中有大歪儿的身影，大歪儿朝向镜头，招手道："顾北，来来来，搭把手！"

录像结束。

吉普车驶入冷湖镇。整个镇子只有两条长街，交会于镇中心。

大卺儿摁开头上的摄像头，和老宋一左一右，把脸贴在车窗上，望着沿途经过的那些建筑。黑黢黢的夜幕下，这些黑黢黢的房子高高低低地耸立在黑黢黢的街道两侧，偶有一些亮灯的窗户点缀其间，越发让人看不真切。行道树的黑影在夜风中依次向后退去。

镇上最亮的光，来自一家叫"国友"的招待所。

导航仪提示那就是目的地。

车刚一停好顾夕就打开车门跳了下去。但她并没有马上走进招待所大门，而是倚靠在车门上，低着头发了一会儿呆。

暴露在夜风里不多一会儿，人就会冻得难受死了。古人形容大西北是苍茫云海，长风万里，诗里的远方总是很美好，现实却很骨感。

顾北、老宋和大卺儿已经各自背着行李，疾走进了招待所。

顾夕缓缓吐出一口白气，朝着亮灯处走去，轻轻推开了门。

● VIDEO 5

虚掩的门被推开。

沙发上，顾夕正抱着膝盖哭得稀里哗啦，婚纱还没来得及脱。

男声画外音:"哟,怎么回事呀这是?"

镜头推进,仰视着顾夕哭花了妆的脸。

男声画外音:"谁欺负我媳妇儿啦?"

顾夕抽搭着说:"我怎么……怎么之前就……没听你说过癫痫的事儿啊?"

男声画外音:"你不是说那个画画的谁,那个癫痫画家,是全人类的幸运吗?怎么到我这儿了,你就不乐意了?"

"周扬,癫痫是不能生育后代的你知道吗?你知道问题的严重性吗?"

男声画外音:"我这又不是遗传的,不怕,媳妇儿。咱遵医嘱啊!"

顾夕嗔怪道:"我就是医生!"

男声画外音:"对对对,我们家顾老师就是医生。"

"别这样叫我,那是我爸!"

男声画外音:"好好好,那,小顾老师,您今儿结婚,辛苦了。肚子饿不饿?想吃啥?"

顾夕不哭了,用浓浓的鼻音说:"番茄煎蛋面。"

男声画外音:"得嘞,这就煮去。"

录像结束。

这段录像不知道为什么，有些损毁，全程都充斥着噪点干扰和间歇黑屏。

走进招待所，一股夹着油珠子的热浪扑面而来。原来这一楼还兼小饭馆儿，墙边坐了一桌，一男一女。两人互相敬着酒，脸红扑扑的，也不知道是酒劲上头，还是生来就是这样的高原红。

老板娘热情地问四人吃没吃晚饭，听口音是重庆人。不过墙上大字写着的几个菜天南海北，什么都有：青海炕锅羊肉、新疆大盘鸡、兰州拉面、武汉热干面、万州烤鱼。

照例是顾北张罗着点菜。四个人在中间一张桌子落座。

菜上得比想象的快，待上到热腾腾的炕锅羊肉，老板娘满面笑容地问："来点啥子酒？"

顾北答："开车呢，不敢喝。"

老板娘讪笑了一声，但马上又恢复了热情和蔼的神色。

顾北顺势问："跟您打听个人成吗？周扬，瘦高个儿，三十来岁。"

听到"周扬"两个字，顾夕突然一怔，拿筷子的手停住了。老宋和大趸儿也对视了一眼，没承想顾北就这么直截了当地问了出来。

这时靠墙那桌的男人放下酒杯,向着老板娘说:"年轻啊,太年轻了。"

老板娘扫了一眼四人凝重怪异的神色,似乎斟酌了一番,说:"你们是头一回来冷湖找人的吧?"

这问题问得没头没脑,又似乎切中要害,顾北和大趸儿都连连点头。

"今天太晚了。"老板娘说,"明天早上再去嘛,反正从这儿过去也没多远。"

"从这儿去哪儿?"顾北丈二和尚摸不着头脑。

"四号公墓啊。你们是错峰出行来冷湖的吧?"

"公墓?"

"过几天清明了,每年清明小长假,游客来得多,都是来冷湖石油公墓的。年年有生客,像你们这样的,来找几十年前埋在这边的长辈。"

顾北正诧异,邻桌的那个男人却打开了话匣子,和他攀谈起来。男人告诉他,自己父亲曾在镇上的卫生院当会计,如今他子承父业,干了几十年卫生院的会计,也到了退休的年纪。他父亲是1958年来的,对冷湖当时盛极一时的繁华景象记忆犹新。

"我父亲刚来没两个月,1219钻井队就在地中四井钻到了油。

原油连喷了三天三夜，当时还死了几个人。活着的几个，后头也出了怪事。"

说到这里，他止住话头，呷了一口酒。

"什么怪事？"老宋好奇地问。

"这个啊，你们去翻镇志……"男人不紧不慢地说，"是翻不到的。只有亲眼见过的人呐，才晓得。"

他见几个人都认真支棱着耳朵，又呷了一口酒，微醺地说道："1958年9月13号，1219队在地中四井打眼子，突然打到油龙了。你们没见识过，油龙就是黑色原油，嘶啦一下从井里蹿上来。那龙是周身带了气的，普通人怎么近得它身旁。第一次冲上去的六个人还没走近就被冲倒了；第二次上了十二个人，但是井口按不住；第三次上了二十五个人，六个人负责对扣井盖，剩下十九个拿身体硬压上去，这才盖上了。"

"张老师，你是不是喝醉了？"坐男人对面的女人问他。

男人摆摆手："醉没醉，我晓得。我父亲当时在卫生院，井喷的事当场就死了人。这个是镇志写的，我没有乱说。但是后头发生的事，就是他亲眼见的了——镇志里没写。井喷过了俩月，卫生院突然接了二十来个急诊，都是在井上干活的工人，不晓得因为啥子，浑身抽起来了。重的是倒地上吐沫子，轻的是喊脑壳痛、心烦想喝水。当然，这个事情没有死人，也就没有上报，哪里都没写。那天的天气很异常，我父亲说，当天从冷湖东北方向传来几下闪光，接着响了一串旱天雷。听说同一天，青海湖也发生了龙吸水的怪事。这些都不算离奇，最最离奇的是，这二十来个工人有一个共同点：他们虽然是从各个队送来卫生院的，但刚好都是9月13号那天去地中四井帮过忙的，冲在最前头的那一批。"

"这故事有意思。不过您误会了，"顾北说，"我们找的周扬，是一大活人。"

"我还以为你们是来扫墓的。"老板娘终于插得进话了，她爽快地说，"叫周扬的，没得。瘦高个儿，三十来岁，这两天倒是来了一个。"

男人见老板娘和他们聊上了，便往嘴里扔了一粒油酥花生米，又和女人互相敬起酒来。

"他住几号房？"顾北连忙问。

"走啦。"老板娘一摆手。

"走啦？"

"27号来的，住了两晚，今早退房了。"

顾夕心里咯噔一下。

她进一尺，真相就退开一丈。

然而连顾夕自己都没想到的是，此时此刻她心里反倒是松了口气。她和自己所追逐的真相之间，似乎形成了某种心照不宣的默契。

"他是你朋友？"老板娘好奇地问顾北，"怪头怪脑的，昨天晚上，哦不，今天早上，他从外头回来喊醒我退房……"老板娘说着，从腰间挂的钥匙串上找出一把103号钥匙，嘬了嘬嘴："喏！那阵天都没亮，我看他穿得像杨利伟一样，差点还当是我没睡醒。"

四人面面相觑，更加确定周扬曾经到过这里。他住了两晚，然后离开了。离开时，穿着几年前在戈壁上向顾夕求婚时穿的那套宇航服。

那一次陪他来青海的，是顾北、老宋和大匩儿。到冷湖拍求婚视频是周扬的主意，因为他和顾夕就是在戈壁上相识的。为这个，顾北还特意找一个常年跟剧组的朋友收了一套拍戏用的宇航服。

顾北负责开车，大匩儿负责操作无人机。仨人合起伙来骗顾夕说是出差。老宋那时是周扬单位的新人，跟着出来玩，很放得开。戈壁之行结束，回到北京之后，顾北女朋友就变成了前女友，老宋成了他的女朋友。

从老板娘的描述来看，一切都吻合了。

真相似乎呼之欲出。

现在唯一的问题是，周扬离开冷湖，又去了哪里？

顾夕面对眼前的情形，脑子飞快地运转着，猜测着周扬来青海的动机。

千头万绪。

同一屋檐下的夫妻，是什么时候，不知不觉成了两个陌生人？就连周扬这次毫无征兆地离家出走，她也对他背后的动机一筹莫展。

七年，还没来得及了解一个人，就已经对望两相厌。

就在顾夕踟蹰于"不快乐"的这一分钟里，她身体里的一亿个细胞死亡了，同时又有一亿个细胞诞生。

它们甚至都来不及思考快乐不快乐这个无聊的问题。

七年。周扬就是这样一分钟，一分钟，又一分钟，变成现在的样子的吧。枕边人的改变就如涓涓细流，不舍昼夜。顾夕和周扬每天形影不离，却其实每分每秒都在相互远离。

一开始，是一个全身上下、从头到脚、每一个细胞都百分之百爱着顾夕的周扬。

一个成年人身体里的细胞总数在50万亿到75万亿个。只消一年时间，人体98%的细胞就会被更新一次。女人倒是个例外，女人身体里有一种细胞是永远不会更新的，那就是卵细胞。这就是男人和女人的区别吧。当男人从头到脚都变了，女人身体里却还是有始终如一的地方。

七年。七年前认识的那个周扬，他身上的每一个细胞都已经死亡了。而她现在寻找的这个周扬，还是七年前那个周扬吗？顾夕心里有个声音告诉自己：不，不是了。

可是这个周扬如果不是那个周扬，又是谁呢？

"你们咋找到这儿的？"

老板娘的声音把顾夕从纷乱的思绪中拉回了现实。

她此时此刻在这里，在中国西北一个鸟不拉屎的高原小镇上，试图从险象环生的戈壁和黄沙中大海捞针般找到一个故意离家出走的人，解决自己那更险象环生的婚姻问题。

"你们咋找到这儿的？"老板娘又笑吟吟地问了一遍。

大甚儿答："追踪手机定位。"

"哦，对了，今天上午打扫房间时捡到了个……老赵！老赵！"老板娘话说了半截，双手一拍，转身往厨房方向喊。

"啥吗？"厨房传来一个惊雷般的声音。

"你捡的那个，放哪了？人家屋里头来人了。"

一个圆脸的汉子从厨房的小门钻了过来，伸手在裤兜里掏了一阵，递给老板娘一部手机，又嘟嘟囔囔地从小门钻回了厨房。

老板娘把手机啪一声拍到顾北手里："解锁。"

顾北一头雾水。

老板娘说："那人在我这儿住了两天，登记的名字叫王子轩。但除了他没别人是三十来岁、瘦高个儿了。你要能解开锁，就证明他是你们找的人，这手机就还给你们。我也做成一桩拾金不昧、物归原主的美事。"

顾夕突然扑哧一声笑了出来，扭头看了一眼大跫儿。

老宋问："姐，你笑什么啊？"

大跫儿老老实实地答："我就叫王子轩。"

老宋也扑哧笑了出来："认识你这么多年，还以为你身份证上的名字叫王大跫呢。"

顾北问顾夕："你知道姐夫手机的密码吗？"

顾夕摇摇头。

顾北为难地把手机递给顾夕："那你试试几个可能的组合？"

"这……试错了手机会被锁上的吧。"老宋说，"万一锁个一百年，那姐夫不就成千古之谜了吗？"

顾北瞪了老宋一眼，老宋不甘示弱地给瞪了回去："顾北，你的手机密码没换吧？拿过来我看看！"

顾北一下子蔫菜了："还是关心关心眼前这手机怎么打开吧。"

老宋不依不饶："现在最棘手的问题，就是姐不知道姐夫的手机密码。所以你赶紧的！手机拿来！"

俩人磨嘴皮子的这当儿，大匼儿说："要不，咱们明天找地儿刷个机？"

顾夕摇摇头："刷机会丢失手机里存储的照片和视频，那是我们找到周扬的线索。"

她思忖一番，从顾北手上拿过了手机。

手机刚到她手上，屏幕就亮了。

"呀，高级货！摸一把就解锁了。"老板娘弯下腰看了一眼，"我这人说到做到，手机归你们了。"她旋即转身钻过通往厨房的小门，把刚才发生的事讲给老赵听去了。

顾夕低下头，在手机屏幕上划拉着，查看"照片"。

顾北、老宋和大匼儿立刻把头凑了过去。

整个手机里，只存了一张照片。

那是夜空中璀璨的银河。

● VIDEO 6

镜头调试。

夜空中的银河逆时针旋转起来,一颗颗星画出一条条线。

镜头重新对焦完毕。

原来是一张脑部核磁共振的成像图。

一位医生模样的老者拿圆珠笔在成像图上挥了个圈,摇摇头说:"没有发现器质性病变,暂时确定不了痫灶的位置,还得再做进一步检查。"

镜头上下晃动,表示点头。

"爸,那这是遗传病吗?"

镜头顺着声音找到一张忧心忡忡的脸,顾夕。

"不排除。"顾父说,"癫痫的成因很多,包括遗传、病毒,甚至是光敏刺激。"

顾夕问:"那对健康有影响吗?怎么治啊?"她旋即抬头看着镜头,伸出手来,"哎,周扬你别拍了!"

录像结束。

这段录像同样有些损毁,全程都充斥着噪点干扰和间歇黑屏。

顾夕问顾北要了一根烟,走出"国友"招待所的大门。

即使裹着厚厚的羽绒服，她还是感觉被夜风洞穿了身体。

顾夕深深吸了一口烟嘴，烟头在干冷的空气里无声地闪烁着。

她吐出一口白烟。

烟雾变幻着形状，朝着她头顶的星空飘去。

顾夕抬头，不经意间就看到了苍穹如瀑，星辰如钻。

七年前，她和周扬就是在这样的星空下相识的。

太奢侈了。

顾夕心里冒出一个声音。

她轻轻笑了一下，不明白自己是在说什么太奢侈了。

是这样纯净璀璨的夜空太奢侈，还是人生中愿得一人心是奢望。

招待所的门在她身后吱呀打开，一道温暖的黄色光柱照着顾夕的背影，在她身前投下斜斜的剪影。门很快又关上了，黄色的光柱和地上的影子也随之消失不见。

顾北走到顾夕身旁，搓了搓手。

"进去吧。"顾北说。

● VIDEO 7

俯视镜头：沙滩。白浪带着泡沫，冲上沙滩，又哗啦啦退回大海。

镜头抬起：一轮赤红的太阳悬在海平面上。

顾夕画外音："我悄悄来漳州啦！这里是周扬老家。我就是想来看看他长大的地方。"

镜头朝着天空反复对焦，火烧似的晚霞。

顾夕画外音："周扬说他以前每天放学都来这个海边。"

顾夕大喊："周——扬——你——看——，我和小时候的你看过了同一片夕阳！"

录像结束。

顾夕点点头，在近旁的一棵钻天杨的树干上摁灭了烟头。

她跟在顾北身后往回走，突然扭头看了看夜空，问："你说，今天的我和昨天的周扬是不是看过了同一片星空？"

顾北转过身来，若有所思地问："你说什么？"

"没什么。"

"你说，星空……"顾北突然有些激动，转身一把推开门，朝屋里的人喊，"我有办法了！找到周扬的线索！我想到了！"

顾夕跟在顾北身后一路小跑进了招待所。四个人重新在饭桌前坐下。

顾北让顾夕把周扬的手机重新解锁，打开了那张星空图。

他拿右手食指和拇指不停在屏幕上划拉着，星空图被不停放大。

顾北举起手机，指着屏幕问另外三人："你们看出来了吗？"

"看出来什么啊？"老宋问，"顾北你快说吧，别卖关子了。"

"大趸儿，你能查到这张星空图是在哪儿拍的吗？"顾北扭头问大趸儿。

"我试试。"大趸儿说着，掏出手机忙活起来。

"啧啧啧！行啊大趸儿，黑客啊！"老宋在一旁拿手支着下巴说，"顾北，到底怎么回事？"

"这张星空照片，应该是在青海拍的，但不一定是在冷湖。"顾北说，"因为就照片的清晰度来说，不是拿手机直接对着暗夜拍摄，而是连接了别的天文望远设备——你们看，像这几颗星，普通手机是拍不下来的。"

顾夕听了恍然大悟："如果你的猜测没错的话，周扬应该是昨天晚上，在一个距离冷湖几小时车程、具备天文观星设备的地方拍了这张照片。"

"比对了一下3月28号夜间各地天文观测站对外公布的星空图，那张照片的拍摄地点应该是东经97°33′.6、北纬37°22′.4，紫金山天文台青海站。"大趸儿的手机上也显示出了结果。

四个人互相看了看。

半晌，大葨儿试探着说："在德令哈的野马滩，离这儿五小时车程。那里有架中科院的微波射电望远镜，还寄放了国家天文台的三架光学望远镜和中科大的一架七百毫米望远镜。"

"你们太厉害了吧，竟然这都蒙对了！"老宋说。

顾北笑着说："这彩虹屁我爱闻。"

"可是，这也不能说明姐夫现在还在那什么……紫金山天文台青海站啊？"老宋又说。

说完，她和顾北、大葨儿一齐狐疑地看向顾夕。

28号晚上，周扬曾经在德令哈。而那个时候，顾夕正在前往冷湖的路上。那时他们之间的距离如此之近，却最终还是擦肩而过。

"不，他还在那。"顾夕很笃定，"就算他不在那了，他也一定留下了线索在那。"

● VIDEO 8

打开的置物架上，治疗癫痫的药物瓶一字排开。瓶子都是统一的黄色，瓶身贴着白色标签，不同的是标签上的字，"开浦兰""苯巴比妥片"之类。

顾夕的画外音："我藏好啦！"

周扬拖得长长的画外音:"好嘞!"

一只手取下两个药瓶,单手拧开,把药片倒进嘴里。

同样这只手,把药瓶放回置物架上,关上柜门。门上是一面镜子,但一张贴着的照片挡住了镜中的面孔。

照片上是玻璃花瓶和一幅挂在墙上的画,凡·高的《星空》。

一只手从镜面上扯下照片。

剪切点。

一只手上举着刚才那张照片,摆出和屋内真实的摆设一模一样的角度。

镜头四处转动一圈,显示此刻观察者所站的位置是书房的台灯旁。

一只手在台灯的灯罩里摸索,找到第二张照片。

照片是一盆绿植。

剪切点。

一只手举着绿植那张照片,摆出和屋内真实的摆设一模一样的角度。

镜头四处转动一圈,显示此刻观察者所站的位置是客厅的沙发上。

一只手在沙发的缝隙里摸索,找到第三张照片。

照片上是一片灰白色，只在角落里有一块青灰色的印渍晕染开。形状像只小狗。

剪切点。

翻箱倒柜。

剪切点。

翻箱倒柜。

剪切点。

翻箱倒柜。

剪切点。

一只手拉开厨房岛台下方的柜门。柜门内侧是灰白色的，左下角有一块青灰色的印渍晕染开。形状像只小狗。

顾夕弯着腰、抱着膝坐在里面。

她抬起头说："周扬你怎么这么慢啊？我都快闷死在这儿了。"

男声画外音："谁让你藏得这么难找？我媳妇儿英明神武，连橱柜门板都能拿来当线索。"

一只手伸向顾夕，把蜷缩成一团的她从橱柜里拉了出来。

顾夕开心地大笑。镜头定格。

录像结束。

这段录像的损毁程度比之前两段更为严重,全程都充斥着噪点干扰和间歇黑屏,同时闪烁着不明曲线。

像昨晚一样,他们要了三间房,各自拿了钥匙。因为约定好3月30号一早七点启程出发前往德令哈,所以大家都早早进房间休息了。

连日来的奔波让顾夕疲惫不堪,她也顾不得招待所条件简陋,一进房间就拧开了浴室里的热水开关,准备好好冲个热水澡。

这时,房门被敲响了。

顾夕走到门口,拉开房门。

门外没有人。

她左右看看,楼道两侧也空空荡荡,只有昏暗的灯光照着地上褪色的廉价地毯。

也许是听错了?

顾夕想着,退回了房间。这时她突然瞥见房门上趴着一只巨大的黄棕色蛾子。

顾夕吓了一跳。这只蛾子就趴在房号"103"的标牌下方,和她之前开车撞到的那种蝙蝠蛾一模一样——展开的巨大翅膀上，各有一只"眼睛"，仿佛在盯着她看，吓得她赶紧砰一下把房门关上了。

顾夕从背包里拿出换洗衣服，走进浴室。氤氲的热气已经在这狭小的空间里弥漫开来。

她再次怔住了。

在浴室的一面椭圆形镜子上，是一个手写的词：bye。

这是四五线小城镇旅馆里常见的那种普通镜子，仿铝合金色泽其实是塑料材质的镜框，镜面上密密麻麻布满热水蒸腾起来的水蒸气。"bye"这个词，看起来像是曾经有人用手指在镜面上一笔一画、反复写下的。

顾夕伸手去触碰那行字迹。隔着玻璃，她的手指和镜中的手指，却永远无法贴在一起。

为什么字迹看起来那么眼熟？

会是周扬昨晚给她的留言吗？

顾夕脱掉衣服，走到淋浴喷头下。热水顺着她的脸往下淌。

她伸出双手，捂住眼睛，无声地哭了出来。

她心里清楚，那就是周扬的字迹。不仅是周扬的字迹，连说话风格都是周扬的。他有个习惯，写"终止"命令时，不用"quit"也不用"exit"，而是用"bye"。这是作为程序员的周扬特有的表达方式。

无论周扬是真的在和她告别，还是警告她停止寻找，这个"bye"都像是一个欲盖弥彰的说辞，阻挡在她和他之间。

如果说之前她还曾经对要不要去德令哈有一丝犹豫，现在她已经下定了决心。

不找到周扬，她是不会停手的。

这一夜，顾夕做了一个梦：

蝙蝠蛾把卵产在泥土里，

卵慢慢长成如蚕般的幼虫，

一种真菌侵入幼虫体内，

菌丝一点一点充满了幼虫的身体——

在来年雪化之前，细长的子座便从那已经僵死的幼虫头顶钻出地面。

DAY 2　3月30日

1988年的一个雨夜，24岁的海子孤身前往西藏，途经荒漠之城德令哈。在草原的尽头他两手空空，却写下了诗句"姐姐，今夜我不关心人类，我只想你"。

人们对1988年保有各种各样的记忆，海子的诗句是其中之一。

1988年其实还发生了很多其他事情。人们总是善于记住那些小事，比如那部韩国很火的电视剧，充满回忆的虚构故事《请回答，1988》，却鲜有人能记得那些宏大的事实，比如这一年，地球和火星相距5880万公里。在那之后，又过了15年，直到2003年它们才再次向对方靠近。这一次，两者相距5576万公里，是6万年来离得最近的一次。

在写下《姐姐，今夜我在德令哈》数月后的1989年3月26日，海子卧轨自杀。

人们说诗人是心碎而死的，德令哈那个雨夜是他忧伤的证明。

此刻，顾夕正驾着车，行驶在重返德令哈的省道上。后视镜里，"弘扬柴达木石油精神，奉献千万吨发展作业"的巨幅路牌渐渐远去。

诗意和现实，并存在这片望不到尽头的广袤戈壁之中。

● VIDEO 9

录像的画质有些年头，身着浅蓝色西装的女播音员在介绍发生在邻国日本的一则新闻。

画面上，一名儿童全身颤抖、口吐白沫地躺在病床上。几名白大褂把病床从救护车上抬下来，推入医院急救室。

女主播用二十世纪八九十年代特有的播音腔说道："数月前，由任天堂公司出品的儿童动画片《口袋妖怪》第38集《电脑战士3D龙》在日本播放，引发观众集体癫痫发作。当晚有近700名儿童因为观看了该动画片而受到强烈的闪光效果刺激，被送医就诊。日本动画片《皮卡丘》也遭到禁播。"

录像结束。

这就是被戏称为"任天堂癫痫"的光敏感性癫痫。顾夕怎么也想不到,她童年时代不经意间看过的一则新闻里的怪病,若干年后竟然发生在了自己丈夫周扬的身上。

自从婚礼上的那次发作之后,周扬就需要用药物来控制他的光敏感性癫痫。他不再开车上下班,而是选择坐地铁。因为开车时,哪怕是透过梧桐树的枝叶射进他眼里的阳光,也会和那些有着特定的闪光频率的人造灯光一样,成为引发癫痫的诱因。

阳光、灯光,甚至是楼宇外立面的反光,十面埋伏,步步为营。渐渐地,生活不再安全,每分每秒都充满了意想不到的危险。

语言困难、情感障碍、时间失真……每当癫痫发作,周扬整个人就会断片儿。他听不到任何声音,也看不见任何东西,只是朝着一个光明的深渊坠去。在那深不可测的底部,恐惧、愤怒、幻觉伸出千万只手来,紧紧抓住他的脚踝。

好在周扬的老丈人,顾夕和顾北的父亲顾老师,是位医生,他给周扬介绍了协和医院的癫痫专家。周扬却拒绝手术，选择了保守治疗，也就是每天吃药。

顾夕看在眼里，却无能为力。无论多么亲密的人之间，人们对他人的痛苦，总是无法真正感同身受。

也许周扬这次不辞而别的原因没有那么复杂——也许他只是厌倦了危机四伏的城市生活，而不是厌倦了她。

至少在青海的这片戈壁上，道路笔直，黄沙漫地，他不再担心在众目睽睽之下，这一秒还是清醒的，下一秒就坠入不可控制的深渊。

顾夕一边开车，一边摇了摇头，否定了这个自欺欺人的想法。

跟癫痫无关吧。婚姻中的问题很复杂，归结在任何因素上，都只是替千疮百孔的两性关系找了个替罪羊而已。

事实是，她有她的轨迹，他呢，也有他的。

他们相遇时离得很近，但终归是要渐渐远离。

就像……地球和火星。

● VIDEO 10

一张靠玻璃幕墙的餐桌，对面坐着顾夕。

玻璃幕墙外，华灯初上，银河SOHO流光溢彩。

顾夕笑着，开心地说着什么。

服务生端上来一道菜，XO酱烩海鱼。

顾夕用刀切开鱼头与鱼身，把大块的鱼肉放进周扬的盘子里，又把鱼头放进自己的盘子。

她一面拿叉子去拨弄面前盘子里的鱼头，一面看向窗外。

餐厅内的大红灯笼映照在玻璃幕墙上，显现出天上同时悬着三个红色巨星的奇观。

"看，周扬！"顾夕指着窗户上的幻景说，"火星！"

周扬画外音："我就是打那儿来的。"

顾夕噗的一声笑了："行——您啥时候回母星啊？地球太危险了，您看这顿饭得吃上您半个月工资吧？"

"男人都来自火星，我们要回去了，你们这些留在地球上的女人怎么办？"

顾夕翻了一个白眼："我们女人就回金星呗。《男人来自火星，女人来自金星》，是不是有这么一本书？"

周扬画外音："好像是有这么本儿胡说八道的书。对了，顾夕同学，麻烦你个事儿啊。"

顾夕边使着兰花指弄鱼头，边毫无防备地问："什么事儿，你说！"

周扬画外音:"我出四块五,你出四块五,咱俩一起投资一本儿结婚证,终身持有那种,你看怎么样?"

顾夕一愣,抬起头来看着周扬,突然爆发出一阵笑声。

餐厅里的其他客人都纷纷朝她看过来。

顾夕笑得上气不接下气:"周扬,没这么便宜的事儿啊!你得给我一个特别的求婚!特走心那种!"

周扬画外音:"我这半个月工资都豁出去了还不走心?"

顾夕还在止不住地哈哈大笑。画面定格。

录像结束。

收音机里传来断断续续的声音:"火星和地球每15年靠近一次,最远时相距4亿公里……当地球和火星运行到各自轨道的远端时,从地球到火星即使以光速飞行,也需要近4个小时;而今年两者在最近距离时,仅需要192秒,不到4分钟。"

顾夕听出这跟昨天是同一个广播节目,主持人话锋一转,开始和嘉宾聊起了冷湖地区的一座"火星营地"。她伸手扭动旋钮,换到了一个音乐电台。花儿唱起,一骑绝尘。

马海的蚊子,冷湖的风。

虽然离开了冷湖镇,但风却越来越大。不时能看到巨大的风车，在戈壁上静默地站立着。白色叶片反射着太阳光芒，徐徐转动。

她轰了一脚油门，看着碧蓝如洗的天空下道路远方升腾的水汽，不禁想：如果没有人工铺设的道路和那些风车，这条路上跑车的司机们大概真会发疯发狂，以为误入了荒凉的火星腹地。

朝东刚开出了50多公里，收音机里的声音从断断续续变成了毫无意义的杂音。

关掉收音机，又开了一两公里，吉普车突然先是发出"砰"一声爆炸似的响声，接着是一阵刺耳的急刹车，然后就像个醉汉一样，一骨碌侧翻在了路边。

顾夕和顾北、老宋、大疙儿相互搀扶着从吉普车里爬出来。四个人都灰头土脸的。

老宋的左胳膊和右手虎口都挂彩了，鲜血直流。顾北拿出一件干净的衬衫给老宋包扎了一下，又用一条毛巾拴在她胳膊上止血。

顾夕检查了下吉普车，只见右后侧的车胎已经完全瘪了。应该是急速行驶下的爆胎引起了侧翻。她突然感到一阵耳鸣和目眩，可能是翻车造成了脑震荡。她绕到车屁股后面去，吐了一地。

顾北摸出手机，发现这地方一格信号也没有。

顾夕、老宋和大冕儿也各自掏出手机，没有一个人的电话能打出去。

顾北说："记得刚才路过了一个基站，我往回走走，看看能不能打通电话。你们仨在这等会儿。"

顾北说完，往西朝回走去。

顾夕叫住他，跑上去叮嘱了几句。

"在西宁租车的时候我检查过车胎，完全没有问题。"顾夕小声对顾北说，"这胎爆得有点奇怪，不排除是人为造成的。"

"你是觉得有人做了手脚？"顾北问。

顾夕点点头："你注意安全。"

她没有向顾北解释太多，怕顾北担心——招待所浴室镜子上的字迹，还有昨夜那个关于蝙蝠蛾的、栩栩如生的梦境。

顾北拍拍顾夕的肩："知道了。帮我看着点老宋，别让她乱跑。"说完转身走了。

他的身影越来越小，越来越小，最后消失在地平线上。

在他的身后，黑色沥青浇筑的道路伸向遥远的天边，越来越细、越来越细，最后消失在正在升起的、硕大的红色朝阳之下。

顾夕回到车边，尽力收起忧心忡忡的表情。找周扬是她的事儿,她不想再出什么岔子,怕连累了顾北、老宋和大趸儿。但这一路上发生的怪事越来越多,说不清、道不明。

她隐约预感到还会发生什么危险的事情。就像当你俯身去看一口散发着恶臭的井,你根本无法预计看到的到底会是一汪长满绿藻的水,还是一具尸体。

顾夕觉得,空气中,仿佛已经有了一丝这样令人不安的味道。

等在原地的老宋和大趸儿百无聊赖。大趸儿拿出头戴式摄像头,开始拍摄起车外的景象。

● VIDEO 11

呼呼的风声,鬼哭狼嚎一般。

镜头绕着吉普车环扫一圈,笔直的省道把荒芜的戈壁从中间剖开,从南到北,从东到西,没有尽头。

即使是在白天,远远近近的土堆土堡,依然显得影影绰绰,阴森诡异。

录像结束。

● VIDEO 12

大趸儿画外音:"你男人怎么去了那么久?"

老宋:"这是高原!普通人走两步就喘,不然你去?你去,天黑了都回不来。"

大羱儿画外音:"哟,真维护你们家老爷们儿。"

老宋一翻白眼:"那当然。"

录像结束。

● VIDEO 13

大羱儿画外音:"咦,那是什么?"

镜头放大,北边似乎有什么东西。

大羱儿画外音:"哎哎哎,你们来看看。"

镜头继续放大,戈壁尽头似乎有一排建筑物。

录像结束。

一段漫长的等待之后,一个小小的黑点出现在西面。

顾北回来了。

"我给'国友'老板娘打了电话,她说帮咱们叫个拖车过来,先把这车拖回镇上修理。"他说。

"我们得马上租辆新车。"顾夕说。

"拖车师傅的徒弟会开辆SUV过来,价钱都已经谈好了。不过他俩昨晚出去接活了,咱们得等七八个钟头。"

"那中午是赶不到德令哈了。"顾夕皱了皱眉,"老宋的胳膊得找地方消毒,重新包扎一下。"

"那边好像有个休息站。"大尨儿指了指北面,"说不定是个卫生站;要不就是加油站,有热水那种。"他说着,从倾倒的吉普车后备厢里拽出了自己的行李,打开来,翻找出一盒方便面,坦然面对着其他人诧异的目光。

没有掩体,暴露于越来越晒的太阳底下,干燥寒冷的风和灼热刺目的阳光轮番折磨着他们。这条荒无人烟的省道上,通常半天也见不到一辆过往车辆。几个人最终达成一致,先去大尨儿说的那个地方给老宋包扎一下,如果还能在那里搭上前往德令哈的顺风车或者租到车更好。

一望无际的戈壁上,任何一个看起来并不遥远的物体,实际步行距离都远得超乎想象。

● VIDEO 14

一阵螺旋桨的噪音。镜头从地平线上摇摇晃晃地升起。好像是摄像机绑在了无人机上。

空气干燥,视野清晰。

跃过无数赭色沙丘,远方地平线上出现一个渺小的人影。

无人机呼啸着飞向人影,俯冲,镜头放大。

那是一个穿着泛黄的宇航服的人。他浑身臃肿,黑色的宇航面罩上映照出黄沙与风蚀岩。他抬起头,朝着无人机挥手。

无人机飞近,他俯身从地上拾起一块大约一米长、半米宽的纸板。

镜头对焦,纸板上用黑体字写着:

顾夕同学

他将这页纸板放到脚边,双手举起第二页朝无人机方向展示:

我已老大

接着第三页:

你也不小

第四页:

认识这么久

第五页:

想请你帮个忙

他停顿了一会儿。空气中充满了螺旋桨搅动空气的声音,但又仿佛整个世界此时鸦雀无声。

他掀开最后一页,久久地举向天空:

    嫁给我,好吗?

无人机绕着"宇航员"盘旋了一圈。

在盘旋到第二圈时,影像仿佛受到某种信号干扰,突然扭曲,持续三秒。黑屏。

黑屏结束之后,"宇航员"站在原地,和无人机保持着刚才的距离。面罩上的反光让人无法看清他的表情。

突然,他转身朝着身后海拔四千多米的赛什腾山跑去。

大趸儿画外音:"哎,周扬!周扬你干吗?"

他既没有回答,也没有回头。臃肿的外套并没有阻止他的脚步,他大步大步地飞奔着。

顾北画外音:"周扬这是干吗啊?"

无人机摇摇晃晃地降落在戈壁上,镜头被一块风化石挡住。

黑屏。

镜头再次开启,对焦。

一只手把无人机从地上拾起来。

老宋带着哭腔问:"他去哪儿了啊?"

顾北画外音:"充好电了。"

无人机再度起飞,镜头俯视着地面,能看到顾北、老宋、大尕儿三人的头顶。

无人机朝赛什腾山方向飞去,茫茫戈壁上空无一人。

录像结束。

他们走了足足两个钟头才走到。

令人失望的是,那并不是什么休息站,而是被游牧民遗弃的一个蒙古包群落。海西州的游牧民驱赶着牛羊沿水草丰美的地方迁徙,这里只是他们往年迁徙途中的一个临时落脚点。

蒙古包里没有供电设施,也没有床铺,只剩几床被虫蛀烂了的棉絮。他们找到几桶浑浊的液体,可能是水,也可能是油。

大尕儿捧着那盒没开封的方便面欲哭无泪。

顾夕因地就简地帮老宋重新包扎了一下伤口。

顾北打开随身携带的水壶,把仅剩的一点水给另外三人喝了。他建议大家分散开来,在几个蒙古包之间继续搜寻有用的东西。

不知道为什么,顾夕总感觉这里似乎还有第五双眼睛,正在注视着他们。她四下环顾,明晃晃的太阳下,并没有别的人。

顾夕问顾北,拖车师傅走到哪儿了,什么时候能到。顾北搜寻了一番信号，走到蒙古包背后去给"国友"老板娘又打了个电话。

顾北打完电话，四个人分成两组在几个蒙古包之间继续搜寻可用的东西。只要稍微抬高音量，即使看不见人影也能互相听见声音。

"拖车师傅昨天晚上给人跑车去了，花土沟有人娶亲，他要中午喝了喜酒再过来。我把这儿的定位发给他了，咱们不用再走回省道上去。"

"他不怕酒驾？"老宋问。

"他徒弟开车。"

"奇了怪了，什么人会半夜娶亲？"大趸儿也问。

顾北无可奈何道："老板娘说青海这边的蒙古老乡都是半夜娶亲，因为害怕遇到民间说的一种不吉利的东西。"

老宋一听，抱紧了胳膊往顾北身上靠过去："别说了，吓人。"

"什么不吉利的东西？"顾夕高声问。

"一种瘴鬼。总在有亮光的地方出现，伸手不见五指的夜里反而不出现。"顾北说，"它一出现，就会附在人身上，让人发疯，学羊叫什么的。"

"呸呸呸，顾北你别吓人了。"老宋真被吓得不轻，使劲拧了顾北的胳膊一把。

"青海的蒙古族管被瘴鬼附身的人叫'乌瓦达丹'，就是'鬼奴'的意思。"顾北说，"也许这种'瘴鬼'只是某种引起人疾病发作的寄生虫。沿海一带的蟹农不是也有'蟹奴'的说法吗？老宋她们老家就有。"

"蟹奴？"顾夕还是第一次听到这个词。

"蟹奴寄生在螃蟹身上，就像一颗种子长在花盆里，它生出的根须会爬满螃蟹全身。原本的螃蟹就成了个空壳。"老宋说，"然后蟹奴的卵巢就从螃蟹肚子那里爆出来，黄灿灿一坨，好些不懂的人还当那是蟹黄给吃掉了。"

顾夕听得想吐。

她发现不知什么时候，和自己组队的大逗儿不见了踪影。

"被蟹奴寄生的螃蟹不蜕皮，也不交配繁殖，更不能吃。所以我们那儿的蟹农遇上这样的僵尸螃蟹一般只能扔掉。"老宋说。

"你们看没看过一个讲亚马孙雨林里的'僵尸蚂蚁'的纪录片？"大逗儿突然插话进来，听声音他应该是在离顾夕十米开外的地方，"那个更有意思。有一种真菌，专门寄生在蚂蚁身上。它先控制蚂蚁的腿，让蚂蚁离开地表的巢穴去流浪。这时蚂蚁还是活的，还有自己的意识。被寄生的蚂蚁会反常地朝着树冠爬，虽然它本性是喜阴的，但这会儿哥们的脚已经不听话了。等蚂蚁爬到树冠上，就会使劲儿咬住一片向阳的树叶，再也挪不了窝了。这蚂蚁肯定是不愿意的，但无奈身体里面都是菌丝，自个儿控制不了自个儿了。"

"它就慢慢在那等死吗？"老宋问。

"不然还能咋办？"大趸儿说，"这种真菌的真正营养来源是鸟粪。知道它为什么要操纵蚂蚁爬到树冠上吗？便于被鸟类发现啊。鸟吃了蚂蚁，再把鸟屎拉到地上，真菌就发育了。一到晚上，把孢子到处这么一喷，地上那些个倒霉路过的蚂蚁，不就又变僵尸蚂蚁了吗？"

这种真菌的寄生策略，形成了一个完美的闭环。

顾夕听得有些入神，她想起了自己那个关于"冬虫夏草"的梦。

"僵尸螃蟹、僵尸蚂蚁算什么？"顾北说，接着他换了一种口气，似乎是故意想吓唬老宋，"青海这边的'瘴鬼'更厉害，会附身在人身上，把人变成僵尸，让人倒地上吐舌头，说胡话。"

老宋嗔怪道:"你这说得也太悬了。"

"那只是本地人的说法。"顾夕走过一个小毡篷,顺手掀开门帘朝里打量,"这什么'瘴鬼'附身,说不定就是光敏性癫痫之类的。"

顾北正要接话,这时老宋从他身后紧走两步,上前猛地拉了一把他的袖子。顾北这才想起他姐夫周扬也是光敏性癫痫患者,便不再和顾夕争辩。

"可是,为什么这里会有'瘴鬼'的传说和半夜娶亲的传统呢?"顾夕自言自语,"光敏性癫痫的发病率高得有点反常了,而且是从古至今发病率一直都很高。"

小毡篷里空空如也,顾夕又朝前走向另一座较大的蒙古包。她刚一拉开蒙古包的门帘,便闻到里面传出一股密闭空间特有的恶臭。

她把门帘搭在一边,走了进去。

乍一进入,似乎跟盲了一样,什么都看不清楚。

等到眼睛适应了微弱的光线,顾夕才发现这座蒙古包里沿墙根摆着一排矮几,矮几上都是瓶瓶罐罐。蒙古包中间是一把木椅子。

不知道为什么,这样的摆设让顾夕心里瘆得慌。

等她走近那把木椅子，不禁一哆嗦：椅背和把手上沾着一些暗色的东西，像是陈年的血迹。两个扶手上还装着用来固定手腕的尼龙套索。椅背和椅子脚上也有，看起来是固定脖子和脚踝的。

顾夕朝着墙边的瓶瓶罐罐走去。

她弯下腰，打量着其中的一个玻璃瓶。这是一种像泡菜坛子似的玻璃瓶，但里面泡着的，却是从中间剖开的一匹未足月的小马。小马的外面包裹着切开的半个深红色子宫。

顾夕倒吸了一口凉气。

突然门帘耷拉下来，黑暗瞬间席卷了整个室内。

这不期而至的黑暗，让顾夕失声叫了出来。

她像突然失明的人一样，分不清东南西北，什么也看不见。

顾夕凭着记忆往出口跑，却重重地撞在了什么东西上，连人带物一起跌到了地上。

是那把木头椅子。

恐惧，拽紧了她的心脏。

有那么一瞬间，她以为自己就要死在这里了。

——直到有人一把掀开了门帘。

顾夕的双眼又重新获得了光明。

顾北大步走近，把她搀起来。顾夕拽着顾北的胳膊，踉踉跄跄地出了蒙古包。老宋站在门口，拿手撑着门帘，似乎不敢往里看。大趸儿在不远的地方捧着方便面，目瞪口呆地看着顾夕——方便面只吸溜到一半。可能他从来没见过一个人脸上有如此惊恐的表情吧。

不知道为什么，当重新站在阳光下的这一刻，顾夕想到了周扬。

虽然对刚才的经历心有余悸，她却又隐约感到一丝莫名的慰藉。她和周扬，是不是因此而多了一次相似的经历？当周扬在强光的刺激下坠入光明的深渊时，她也尝试过在漆黑一片中坠入黑暗的深渊了。

● VIDEO 15

夜。

大趸儿画外音："老乡，见没见过这人？"

一个蹲在蒙古包前拿煤球生火的人接过大趸儿的手机，看了看，摇摇头："莫见过。"

顾北往那人手里塞了一条烟："我们见着他进你蒙古包了，是不？"

那人把烟推回给顾北，摆摆手："莫有！"

顾北说："老乡，帮帮忙。人肯定在里头，你这样我们要报警了。"

那人停下手里正在点的煤球，站了起来，打量了顾北和大尻儿一番，一言不发地转身走进了蒙古包。

黑屏。

刚才的人从蒙古包里出来了，对顾北说："恁个鞭娃中了'瘴鬼'。夜来晚夕窜到这儿，咬了我的大肚儿母马。今春就要下崽子了，咋个赔？"

"赔，赔。"顾北说着，掏出一叠纸币递到牧民手里。

"'瘴鬼'医不好的。"那人接过钱，沾着唾沫数了数，转身掀开帘子，让出一人宽的入口。

镜头探向蒙古包内部，在蒙古包的中间放着一把木椅。

木椅上绑着的人，正是周扬。

周扬的半张脸上，都是血迹。

他低垂着眼，一串涎液混着新鲜浓烈的血迹，沿着他的嘴角流了出来，滴落在木椅扶手和他脚下的毡子上。

录像结束。

顾夕站在蒙古包的门口,在她的身后,没有系紧的门帘在狂风中摇摆不定。

"你们三个是不是以前来过这里?"她问。

顾北、老宋和大瑴儿回避着彼此的眼神,大瑴儿更是把头摇得像拨浪鼓。

"你是不是根本就没有打电话给'国友'老板娘?"顾夕问顾北。

顾北默不作声。

"那就是说,等到天黑也等不到拖车了?"顾夕继续说,"没人会来修吉普车,也没人会开SUV来接我们。"

"你们为什么带我来这儿?"顾夕平复了一下情绪,问道。

"你猜的都对,"顾北说,"怎么猜到的?"

老宋在一旁小声说:"顾北,这叫女人的直觉。"

"你们一直故意把我往这里带,傻子都猜到了吧。"顾夕说,"老宋,我真没想到你胆子这么大,敢在车胎上动手脚。给你包扎的时候我发现你右手虎口的伤不是新伤,而是二次撕裂。我猜是昨晚你用工具动轮胎的时候伤的。但是我还是不能确定……顾北,老宋这是你教坏的吗?你看看她那胳膊,差点就废了!翻车多危险你们心里有数吗?还有,顾北你还知道跟我撒谎了!从你说拖车师傅去喝喜酒,半夜娶亲的是蒙古老乡,我就觉得不对。我也不是第一次来青海!半夜娶亲这个传统不是蒙古族的,是汉族的!"

老宋和顾北无言以对。

顾北低下头,默默朝顾夕伸出右手大拇指。

"可是我还是不敢相信……不敢相信你们仨合起伙来骗我。"顾夕说,"最后让我确定这一点的,是大趸儿。"

大趸儿一脸无辜地看着顾夕,指指自己的脸:"我?"

"以我对你的了解,如果你没有来过这里——"顾夕说,"你是根本不可能找到用来泡方便面的饮用水的。"

顾北、老宋和大趸儿彻底蔫儿了,垂头丧气地面面相觑。

"说吧。"顾夕没好气地说,"你们这闹的是哪出?"

顾夕站在蒙古包的门口,看着顾北、老宋、大趸儿,欲言又止。终于,她把"你们三个以前是不是来过这里?"这句怀疑吞进了肚子里。刚才的一番诘问都是幻觉吗?都只发生在想象里?她觉得脑袋涨得生疼。在她的身后,没有系紧的门帘随着狂风摇摆不定。

肆无忌惮的风,在他们的四面八方穿梭来去,卷起飞沙走石。

不知不觉，太阳已经朝着西边落了一大截。阳光不再炙热刺目，它把本就白色的云、黄色的沙、灰色的蒙古包，全部镀上了一层金色。

这片土地有一种神奇的魔力，把她变得不像她自己了。她现在头痛欲裂，敏感多疑，甚至分不清时间的流逝，幻觉和真实。

石头、青稞、草原、戈壁，所有事物的影子都朝向东边。

那金色越发浓郁，那影子就拖得越长。

德令哈在蒙语里正是"金色的世界"之意。然而今天，顾夕恐怕无法如期抵达那个金色的世界了。

连同周扬留给她的谜底，这一路总是看似唾手可得，却也遥不可及。

终于，顾北突然开口道："姐，难道你真的以为……姐夫是光敏性癫痫那么简单？"

● VIDEO 16

镜头调试。

夜空中的银河逆时针旋转起来，一颗颗星画出一条条线。

镜头重新对焦完毕。

原来是一张脑部核磁共振的成像图。

一位医生模样的老者拿圆珠笔在成像图上挥了个圈，摇摇头说："没有发现器质性病变，暂时确定不了病灶的位置，还得再做进一步检查。"

镜头上下晃动，表示点头。

"爸，那这是遗传病吗？"

镜头顺着声音找到一张忧心忡忡的脸，顾夕。

"不排除。"顾父说，"癫痫的成因很多，包括遗传、病毒，甚至是光敏刺激。但也不用太担心。"

顾夕问："那对生活有影响吗？怎么治啊？"她旋即抬起头看着镜头，伸出手来，"哎，周扬你别拍了！"

顾父问："老汪，你有什么办法吗？小夕他们正打算要孩子……"

原来室内还有一位坐在医生办公桌后面的转椅上的老者。他的头发焗成黑褐色，看起来比顾父年轻些。

老汪说："癫痫说白了，就是大脑里面的神经元异常放电。有的异常放电还伴发有肿瘤，或者病灶，这样的都好办，手术切除就行了。"

他从转椅上站了起来，拿右手食指点了点脑部核磁共振的成像图："怕就怕这样什么都看不出来的。我可以开点药，先试试药物控制？"

顾父有些犹豫："老汪啊……"

老汪看了一眼顾父，沉吟道："周扬得的是光敏性癫痫，如果想根治，也不是没办法，只是解铃还须系铃人。"

顾夕问："什么办法？"

老汪说："导入光敏蛋白表达在神经元细胞膜上，通俗点说就是给神经元装上'开关'。然后通过特定波长和频率的光线照射激活光敏蛋白，发出'关闭'的指令，抑制神经元异常放电，也就根除癫痫了。"

顾夕有些担心："这安全吗？"

老汪笑了："十年前就已经在大鼠身上试验成功了。不过这手术，协和目前还做不了。患者有这个要求的话，我们都是先登记，大概等到明年就可以在临床上接诊了。"

顾父："小夕，你看呢？"

顾夕："汪伯伯，那请您给周扬登记一个吧。"

录像结束。

这段录像全程都充斥着噪点干扰和间歇黑屏。

夕阳刺得顾夕睁不开眼睛，她的大脑嗡嗡作响。

"顾北，你什么意思？"

"这几年他只吃药，不手术，你想过是为什么吗？"顾北说，"你真的以为姐夫是光敏性癫痫？"

顾夕不是没想过为什么周扬不愿意手术治疗。

感情淡了，没有话题了，不想要孩子……顾夕能想出一大堆理由，但此刻她却一个字也说不出口。

"他来冷湖拍求婚视频那次，惹上'瘴鬼'了。"顾北说，"周扬被附身了，中邪了，他已经不是你认识的那个周扬了。"

顾夕想笑，她不敢相信这话是从顾北嘴里说出来的。可是当她看到老宋和大疌儿的表情，就有点笑不出来了。他们脸上写着复杂的情绪：恐惧、同情、担心、为难——这表情让顾夕几乎要相信顾北的话是真的。

"你可以看看这个。"顾北掏出手机，点开一段视频递给顾夕。

是那一次无人机拍到的周扬在求婚中途突然转身跑掉的视频。

顾夕把手机还给顾北："这说明不了什么。"

顾北急了，他冲顾夕吼："怎么就跟你说不明白呢？"

大疌儿在一旁欲言又止地说："要不……我这儿还有一段视频……"

顾北和老宋的表情有些异样。

顾夕朝大苶儿伸出摊开的左手："我看看。"

大苶儿手机里的是那段星夜里顾北、老宋、大苶儿三人寻找周扬的视频。

顾夕认出了视频里的蒙古包就是眼前这座，认出了那把带血的椅子；但当她看到坐在椅子上的周扬时，打心里不愿意承认那是他。

她看着半张脸都是血的周扬，觉得那就是一个怪物。怪物低垂着眼，一串涎液混着新鲜浓烈的血迹，沿着他的嘴角流了出来，滴落在顾夕的心坎上，让她止不住战栗。

震惊。

恐惧。

如释重负。

一直以来，她所有的疑问似乎都找到了答案。可是，一个答案却又引发了千万个新的疑问。

她从来没有后悔过在青海和周扬的相识，也没有后悔过这次来青海找周扬。

但是她万万没有想到会是这样的一个结果。

就是这个从戈壁归来的怪物，向自己求婚的吗？

就是这个被"瘴鬼"附身的怪物，扮演着自己丈夫的角色吗？

他的激情褪去、言不由衷，原来都只是邪魔入体、身不由己？

年复一年，冬去春来，她就这样和一个怪物住在同一屋檐下而不自知。她的辗转反侧，她的痛苦难耐，她的隐忍失望，她的歇斯底里，仿佛全都找到了合理的注脚，也都变得毫无意义。

她回想起自己这几年和周扬的关系，也随着周扬的病情时好时坏。好的时候，周扬还是周扬；坏的时候，周扬就变得像个完全陌生的人。

良久，顾夕问："你们早就知道了？"

顾北、老宋和大凳儿一言不发。

夕阳悬在戈壁的尽头，即将沉入黄沙之中。

顾北说："我们一开始也没信。我要知道他真的中了邪，怎么也得拦着你俩结婚啊。只是这次周扬突然跟我说他要背着你再来一趟青海，我就觉得有点不对劲。"

大凳儿点点头："谁承想这世上还真有这种邪门的事儿呢。"

老宋一会儿看看这个，一会看看那个，不敢说话。

"他应该是消失了,不会回来了。"顾北说,"别找了。"

周扬消失了,不会回来了。

像那些不再蜕壳和繁殖,被蟹农丢弃在阳光下暴晒的僵尸螃蟹一样;像那些意识尚存,却控制不住地要背离巢穴爬上阳光普照的树冠的僵尸蚂蚁一样。

所有的一切都串在一起,形成了一条匪夷所思却又坚不可摧的逻辑链条。

周扬向她描述过的,发病时脑子里绽放的千万个明亮的太阳,国道315上撞向吉普车挡风玻璃的蝙蝠蛾群,青海当地高得惊人的发病率和关于"瘴鬼"由来已久的民间传说……一切都扣上了。

顾夕看着没入地平线的夕阳。它最后金光一闪,戈壁便换了色彩。

眼前的世界不再是金色,而是灰蓝色的了。顾夕看着这个灰蓝色的世界,不禁有些悲哀地想:这片土地上的某种东西,寄生在周扬体内,慢慢把他变成了另一个人。

一个披着周扬的皮囊的陌生人。

远远地,从南边射出了两束灯光。

那是一辆朝蒙古包疾驶而来的汽车。

随着在戈壁上的颠簸前行，车头的远光灯也不住地颤动着。

她突然感到一阵天旋地转，晕倒在地。

天空像柔软的蓝丝绒，盖在粗砾的灰蓝色戈壁上。

"那是拖车师傅的徒弟来接咱们了吧？"

"这车看起来怎么有点不对啊？"

在失去意识之前，她模模糊糊地听到老宋和顾北的对话。

DAY 3　3月31日

顾夕在颠簸的货车副驾上醒了过来。

大货车驾驶室里，电视屏幕上是一片雪花噪点——那是宇宙背景辐射的成像，来自从创世之初就游荡在整个宇宙中的高能射线。

屏幕映着两个人影，一个是她的，另一个是正在开车的人。

她扭头看了一眼身边，不禁吓了一跳。

驾驶位上坐着一个浑身臃肿的人——怎么可能不臃肿呢，他穿着一套泛黄的宇航服。

"周扬？"顾夕捂着嘴叫了出来。

那人没有回答，只是扭过头看了她一眼，黑洞洞的宇航面罩上毫无表情，看得顾夕心里发怵。

车窗外，天已经完全黑透了。

她四下打量，透过大货车驾驶室和货厢之间的小窗，窥见货厢里躺着三个人。

顾夕心里咯噔一下……那应该是顾北、老宋和大趸儿。他们躺在那里，一动不动。

前面出现了一座收费站。

周扬放慢了车速，大货车浑身吱呀着，徐徐地停靠在收费站前。

顾夕深深地吸了一口气，在大货车完全停稳之前，她用尽浑身力气，一把推开车门，跳了下去。

顾夕两脚一落地，便飞奔到收费窗口，一边拼尽全力大喊着："救命！救命！"

收费窗口里根本没有人。

这是条二级公路，收费站早已经全部撤掉了。

顾夕回头，看到周扬打开了车门，他也跳下了车，朝收费窗口走过来。

顾夕赶紧去拧收费室的门把手，门锁上了，怎么也拧不开。她想跑，可是这里除了一条笔直的公路就只剩下开阔的戈壁，根本不可能逃脱。

她转身，直视着步步逼近的周扬。

海拔三千米的高原之夜，氧气是如此稀薄。周扬还没有走近，她就已经觉得脖子像被人牢牢掐住了一样。

这时周扬开口了，他的声音是从头盔上的扩音器传出来的，听起来有些怪："跑什么啊，跟见了鬼似的？"

顾夕大口大口地喘着气，止不住地战栗。她望着那黑洞洞的宇航面罩，半晌，才问出一句："你是谁？"

"是我啊。"周扬说。

"你想干什么？"

"我想……"周扬说着，抬起了双手，取下头盔，"在这儿停个车，好把这身儿脱掉。"

脱下头盔的周扬，声音变得正常了。他接着又脱下了身上的宇航服。

顾夕完全没有想到会和周扬在这样的情形下见面。她已经马不停蹄地奔波了好几天，就为了找到周扬——结果却是周扬找到了她。

周扬想给顾夕一个拥抱，却被她一把推开。

"你为什么招呼也不打就走了？"顾夕问，"为什么不接我电话？"

"我就知道你会来给我添乱。"周扬笑着，半是责怪，半是宽容。

"你把顾北他们怎么了？"

"没事，他们晕过去了，我有办法治好他们。几年前，我和他们仨一起来青海。没想到，他们在这儿中了邪。"

顾夕的后脑勺传来一阵凉意。

明明是顾北他们说周扬中邪了啊？到底该相信顾北、大冕儿和老宋，还是该相信眼前这个枕边的陌生人？

接着，周扬把那次到冷湖录求婚视频的事从头到尾讲了一遍。因为发现了顾北、老宋和大冕儿的异常，他才录到一半转身跑走；而大冕儿录下的那段在蒙古包找到周扬的视频，其实是周扬癫痫发作，被牧民当成"瘴鬼附身"给救了。发作的时候他咬破了自己的腮帮，流了不少血。如果顾夕细心留意过两段视频的时间顺序的话，会发现蒙古包那段视频的录制时间在求婚视频之前。他没有伤害过任何人。

这和之前顾北他们的说法完全相反。

"中邪的不是你？"

"也有我。"

顾夕彻底糊涂了。

"我们都中邪了,只是他们三个还没意识到而已。"周扬说,"上车说吧,这儿太冷了。"

顾夕跟着周扬回到车上。大货车继续朝东驶去。

"我们这是去哪儿?"

"野马滩。"

"周扬,你说的中邪,到底是什么意思?"

"你可以把它理解为一种寄生虫。"

"那你现在和我说的这些话,你身体里的虫子能听到吗?"

周扬笑了:"不是你想的那回事。我也是这次来青海才终于彻底搞清楚的。"

"那你为什么突然想到要来青海?"

"还记得你在汪伯伯那里帮我做的手术登记吗?"周扬说,"我和他联系了,说我愿意手术。术前检查的时候,他发现不是光敏性癫痫那么简单。"

周扬竟然一声不吭地决定了去做手术。顾夕看着周扬的侧脸,觉得恍如梦境。此时此刻的周扬,就和他们刚认识的时候一样。那中间的几年呢?被周扬口中的"寄生虫"横刀偷走了吗?

"你看。"周扬说。

顾夕朝前看，笔直的沙石路。朝窗外看，无垠的大戈壁。四野寂静，空无一物。不知道周扬让她看什么。

"这大西北啊，乍一看什么都没有，什么都缺——"周扬说，"就是不缺石油。这种寄生虫，就是从石油里来的。"

这种"虫子"是数百万年前还是数亿年前就出现的，没有定论。目前能够知道的是，它们可以存活在石油里。也许最初的时候，它们寄生在史前海洋中的动物和藻类身上。随着这些生物死亡，尸体中的有机物和海床中的淤泥混合，被埋在厚厚的沉积岩下。

数百万年的高温和高压，使得一种黏稠的、深褐色的液体慢慢形成，它就是各种烷烃、环烷烃、芳香烃的混合物——石油。那些巨大的动物和渺小的藻类已经不复存在，然而一种靠消耗烃而生长的微生物却顽强地存活下来。"虫子"也就寄生在这种微生物的蛋白中。

我们一直以为生物存在的必要条件是适宜的温度、氧气和水分——然而这些对于"虫子"来说，都无关紧要。它只需要蛋白。

能置"虫子"于死地的只有真空，因为目前还没有哪种蛋白能在真空中存活——然而即使在真空中，虫子也能够存活数分钟之久。

1958年，冷湖石油井喷，当时有二十五个工人接触到了最初喷发出来的原油。这种"虫子"立刻告别了它们寄居多年的石油蛋白微生物，进入人体这个更大的"蛋白供应者"身体，寄生在大脑蛛网膜下的大脑灰质以及人体脊柱的脊髓灰质中。

这种"虫子"其实不是虫子，而是一种光敏蛋白。它们蛰伏于地下的那几百上千万年间，一直都是休眠状态。而现在，它们被激活了。人体中几乎所有的细胞都有更新周期——除了大脑灰质和脊髓灰质中的神经元。所以，这种寄生在灰质中的"虫子"永远是安全的，只要它们躲过了总是会进行细胞更替的那些器官，比如大脑中掌管嗅觉和记忆的海马体，人体器官和组织细胞的新陈代谢就不会危及它；因为它们本身就是一种蛋白，人体蛋白酶也无法识别到它们的异常——人体的防御机制在这种"虫子"面前，完全失灵了。

人类中枢神经系统约含1000亿个神经元，仅大脑皮层中就有约140亿。也就是说，一旦被"虫子"寄生，那你脑子里可能已经有了上百亿条"虫子"。

人类的中枢神经系统中有大量抑制因子，抑制神经元再生。为了生存下去，"虫子"会麻痹宿主体内的巨噬细胞，刺激星形胶质细胞——前者由小胶质细胞转变而来，通过吞噬作用清除衰老、病变的神经元及其细胞碎片，后者则通过增生繁殖，填补神经元死亡后留下的破损。宿主的神经元细胞每分每秒都在更替和再生，这在普通人体内是不可能发生的。增生过度的结果，就是神经元异常放电——也就是医生们所说的"癫痫"。

而几年前，周扬一行人就是在冷湖拍摄求婚视频的时候经过一处废弃油厂，接触到了原油残余物，被"虫子"寄生的。

周扬、顾北、老宋、大趸儿，他们都癫痫发作过。这成了他们四个人心照不宣的秘密。但那时的他们，还没有意识到原来一切都和石油里这种看不见的光敏蛋白寄生生物有关。

这次青海之行，周扬终于解开了谜团。而顾北他们，还依旧蒙在鼓里。

"你是怎么找到我们的？"顾夕问。

"我给手机装了定位啊。你们能通过定位来找我，我就不能通过定位找你们？"

"那你是不是也是通过控制货车车头灯光，让他们仨癫痫发作晕过去的？"

"对。"

"这么说，你已经找到对付'虫子'的办法了？"

"没错,我有一个计划。等到了野马滩你就知道了。"

公元前五世纪,生活在西西里岛上的古希腊哲学家恩培多克勒提出世界由火、气、土、水四种元素构成。他还相信人类的眼睛是爱情女神阿佛洛狄忒以这四种元素所造。女神在人眼中燃起火焰,万物被这种火焰照亮,于是人得以看清我们所置身的世界。关于恩培多克勒的传说非常多,但有一点是确定的,他最后跳进埃特纳火山口,从此杳无音信。

公元1727年,英国科学家牛顿去世,墓碑上用拉丁语镌刻着:"他以几乎神一般的思维力,最先说明了行星的运动和图像、彗星的轨道和大海的潮汐。"

公元1881年2月9日,俄国作家陀思妥耶夫斯基准备写作《卡拉马佐夫兄弟》第二部。他的笔筒掉到地上,滚到柜子底下。在搬动柜子的过程中,他用力过大,导致血管破裂,当天去世。

与陀思妥耶夫斯基几乎同时代的英国作家刘易斯·卡罗尔,于1898年1月14日因为肺炎去世。

1890年7月27日下午,荷兰画家凡·高走进麦田,开枪自杀,子弹穿过了他的脊柱。第二天早上,在弟弟提奥的看护中,他安静地离开了人世。

以上这些人来自哲学、科学、文学、艺术各个领域，他们生活于人类文明的各个时代。有的选择了自杀，有的活到了耄耋之年，有的却又死于疾病或者意外。

但他们都有一个共同点：他们都是光敏性癫痫患者。

恩培多克勒患有"圣病"，那是一种对"癫痫"的委婉说法；牛顿的癫痫比较神秘，在他死后，科学家们依旧众说纷纭；陀思妥耶夫斯基一生所著的书中有三十多个人物都患有癫痫，因为他自己就长期饱受癫痫困扰；刘易斯·卡罗尔在他的日记中记录了癫痫发作的种种感受，正是因为亲身经历过，他才能写出掉进兔子洞的故事；而凡·高，这位"癫痫画家"的故事已经广为人知。

在这背后，是寄生虫对宿主的利他主义。那种来自数百万年甚至上亿年前的光敏蛋白，让人向往刺目的光明，并且获得了一种能够洞悉宇宙秘密的洞察力。无论是火山口之于恩培多克勒，还是光的原理之于牛顿，抑或是明媚的法国南部之于能以人类之眼目睹宇宙"紊流"的凡·高。

在人类癫痫的历史中，我们还可以拟出一条长长的名单，包括凯撒大帝、亚历山大大帝、彼得大帝、苏格拉底、达·芬奇、但丁、莫泊桑、狄更斯、拜伦、贝多芬、肖邦、柴可夫斯基、林肯、海明威……

从帝王到艺术家，从诗人到作曲家，从作家到科学家……在这之中，有多少人是光敏性癫痫？其中，又有多少人只是被误诊为癫痫，实则是被"虫子"寄生，而获得了非同常人的洞察力？

清晨时分，野马滩到了。

顾夕能从宽大的车前窗看到远远的前方，有一排灰色平房，平房上方是一个巨大的白色圆球，好似她结婚当天的布景。车行的道路是泥路，两旁是疯长的野草，虽然已到三月的尾声，积雪却还没有化，白皑皑的雪地映着白皑皑的天文台。

她不知道，野马滩气候干燥，水汽含量低，是亚洲最好的毫米波射电天文观测站址——而那个让她颇有好感的白色圆球里，是中国唯一一台毫米波段的射电天文望远镜。它是一只窥探宇宙的眼睛，可不是什么新娘。

她亦不知道，冷湖是亚洲日照最多的地方，在全世界仅次于撒哈拉沙漠和安第斯山。在这片土地上，刺目的光亮和宇宙星辰的秘密，对被光敏蛋白寄生的宿主有着致命的吸引力。

也许冥冥之中，周扬就这样来到了青海。

也在冥冥之中，他解开了自己身上光敏性癫痫的真相。

周扬对自己的不辞而别没有解释，也没有道歉——他大概觉得这都犯不着吧。而顾夕呢，她在这几天跌宕起伏、百转千回的心路历程，只能暂时先搁在肚子里了。

货车停在了天文台那排灰色平房跟前。

顾夕问："顾北他们怎么办？"

周扬说："他们可能一会儿就能醒了。我不拔车钥匙，开着暖气，他们冻不着。"

他俩打开车门，跳下了车。泥路边的积雪细碎而脏，在荒草深处则是洁白无瑕的样子。他们的脚步惊起两只灰羽的小鸟。它们短促地叫了一声，朝着鱼肚白的东边飞去。

周扬领着顾夕进入灰色建筑，里面有一个大学生模样的人在值班。看周扬管那人叫"小李"的样子，顾夕猜到周扬应该在之前来这儿的时候就和大学生打过交道了。

"我们徐站说了，您把波段告诉我，我来配合工作。"小李态度极好。

在他身后的墙上挂着一张图表，密密麻麻画满了小方格，那代表着对银河各个天区的观测进度。目前已经完成一多半了。

白色圆球其实直径有20多米，是个天线罩。圆球里面就是13.7米的微波射电望远镜。为了绘制出一幅完整的银河结构图，紫金山天文台一直在给这台望远镜加装其他频率的波束接收机。周扬此行的目的，就是要借用这只"眼睛"，寻找冷湖上空某种肉眼看不见的光波辐射。

不知道周扬使了什么法子，居然可以调用这台天文望远镜。当然，绘制银河的工作本来也只能晚上进行，况且目前这台改造过的天文望远镜可以同时监测9种频率的光波辐射，周扬只需要天文望远镜在一个特定频率上监测10分钟。

"你怎么确定冷湖上空就一定有这个频段的光波辐射？"顾夕问。

"我不确定。"周扬小声说着，朝顾夕挤了挤眼。

"频率多少？"小李走到操作台前，问道。

周扬掏出一张纸条递给小李。

小李接过纸条看了看，操作起仪器来。

房间里静得只剩下扩音器里传出来的白噪音。

周扬似乎有些紧张地等待着结果。顾夕不知道他葫芦里卖的什么药，便在值班室里找了把椅子坐下来。

她一落座，眼前桌子上的一摊资料表格就映入了眼帘。表格上一行行清晰的数字让她一个激灵，她似乎想到了什么。

那是一堆记录太阳系行星运行周期的表格。其中一张是火

星的运行数据，记录了火星从1899年到2018年每一年的近日点、远日点，以及和地球的距离。

这时扩音器里突然传来一段有规律的谐振声。

"找到了！"小李喊。

被他声音里的激动所感染，顾夕连忙站了起来。值班室里毫无变化，除了那段突然出现了几秒钟的声音之外，看不出有什么值得激动的事情发生了。

"冷湖上空果然有一段异常光波辐射！"小李调大了扩音器的音量，刚才那种规律的谐振声又响了起来，从蝴蝶振翅般的轻微连续的"噗噗"，变为了掷地有声的"咚咚"。

"光波辐射不是用来看的吗？怎么还有声儿啊？"周扬问。

小李顾不上解释，一把抓起值班电话，打给徐站长，报告了这个发现。过了一会儿，电话铃声响了，他接起来，不是徐站长，是中科院紫金山天文台。

紫金山天文台指示小李把刚才截获的那段异常光波辐射的数据发到南京做进一步分析。

顾夕走到周扬身边，指了指小李放在操作台上的纸条："谁给你的？"

"汪伯伯。"

"汪伯伯？"

"猜不到吧？"周扬说，"我不是去协和做了癫痫手术的术前检查吗？汪伯伯发现我的神经元增生就是这种光敏蛋白引起的。他还推测这种光敏蛋白是一种寄生生物。他记下了这种蛋白内部的微波频率。我猜，这种光敏蛋白既然在富含石油的地方大量存活，应该也就会在油田周围产生同样频率的光波辐射……"

顾夕打断了周扬的话："可这跟治好你们有什么关系？"

"汪伯伯说过的话，你忘了吗？"

"哪句？"

"解铃还须系铃人。"周扬说，"这种光波辐射，就好像是'虫子'的思维或者灵魂。知道它们想什么，我们才能写出'关闭'它们运行的代码。我一开始还没有想到这招，等我到了冷湖'国友'招待所住下的第二天，这个主意一下子出现在了我脑海里……"

"你不会是在拉屎的时候想的吧？"顾夕恍然大悟。

"你怎么知道？"

"你是不是想到之后，还伸手在马桶对面的镜子上写下了'bye'？然后你连夜开车来了德令哈的天文台。但是因为微波射电望远镜晚上要工作,只能对准星空观测银河,所以你当天铩羽而归。一回去你就紧锣密鼓地收拾了行李,喊醒老板娘退了房,还把手机给落房间里了。对吧?"

"你开天眼了吗?你仿佛就在现场!"周扬唏嘘不已。

"那你好好地退房呗,穿着宇航服干吗啊?把人老板娘吓得半死。"

"我这不是安全第一吗?要是我的推测正确,那整个柴达木盆地上空可能都充满了'虫子'发出的异常光波辐射。你想想,柴达木盆地的石油储备可是好几亿吨!那'虫子'的数量不就……"

"周扬——"顾夕摸摸周扬的额头,"你没发烧吧?你那是拍电影用的道具服。真有什么光波辐射,根本防不住。再说了,你不是早就被'虫子'感染了吗?'虫子'都住你脑子里了,你还怕'虫子'的灵魂污染你纯洁的精神吗?"

这时值班室的电话铃声又响了。

小李接起来,一连串的"哦哦哦""好好好""是是是"。

他挂断电话,脸上还是抑制不住的兴奋:"紫金山天文台的六个观测站都观测到了这个频段的异常光波辐射!江苏盱眙天文观测站、江苏赣榆太阳观测站、黑龙江洪河天文观测站、山东青岛观象台、云南姚安天文观测站，全都收到了。现在六个站之间要共享一下信息，互相比对。"

"另外五个地方，有大油田吗？"周扬连忙问。

小李一脸茫然地看着他，摇了摇头。

周扬百思不得其解："我觉得有什么地方不对劲……'虫子'的光波，怎么到处都是。不仅仅是在青海，还在其他地方也出现了。"

这时门外突然响起了一阵尖利的汽车喇叭声。

顾夕三步并作两步扑到门边，打开门一看，大货车正在倒车。

顾北坐在驾驶座上，老宋和大跫儿挤在旁边的副驾里，大跫儿的脸都给挤得贴到车窗上去了。大货车车头下方像是躺着一个人，仔细一看，是周扬之前脱下来放在驾驶位上的那身宇航服。一定是被顾北给扔地上了。

"完了，周扬！你没拔钥匙！"

顾夕和周扬对看了一眼，飞奔出了值班室。

顾北一边倒车，一边伸出脑袋来冲着顾夕喊："上车！快上车！"

顾夕跑到泥路上，猛一回头，看到周扬正站在灰色平房的门口。她再转身，顾北他们一行人已经调转了车头，正把大货车停在前方等着她。

车喇叭一个劲地响着。

"顾北！顾北！"顾夕跑向大货车，一边跑一边喊，"你听我说！周扬找到办法了！他找到救你们的办法了！"

周扬也追了出来。

顾北看到周扬，就好像见了鬼似的，他松开手刹，踩下油门，大货车碾过那身宇航服，背离天文站的方向，朝东开去。

大货车后视镜里，顾夕一边跑一边喊着什么。很快，就只剩下一个小小的人影和呼呼的风声了。

车上，老宋轻声说："顾北，那是你姐啊。"

顾北脸色阴沉，眼泪却夺眶而出，他咬着嘴唇说："她已经被感染了。"

事情到此，就是一个罗生门。

每个人看到的真相，都只是盲人摸象。

即使爱情女神阿佛洛忒在人眼中燃起火焰，照亮万物，世人还是难以看清我们所置身的世界。

古希腊哲学家所设想的"火焰"，其实就是一种光波。光波本身就是从原子、分子内辐射出的高频电磁波，它构成了世界，也充满了宇宙。

而生命，则是绽放在宇宙某个不知名角落里的惊喜。

这一次，这个不知名的角落有一个名字。

不是地球，而是火星。

很难说清这种光敏蛋白到底是火星上曾经有过的文明生物的一部分，还是它本身就是一个独立的生命体。

如果是前者——"虫子"来自火星智慧生物的基因碎片——那么也许就像美洲人比哥伦布更早到过欧洲一样，我们以为贫瘠荒芜的火星，其实曾经孕育出过文明。火星文明发展到某一天，火星生物造访了地球。他们在经过地球大气层时坠毁，如同几十亿年来试图造访地球表面的那些彗星和陨石。火星生物基因的碎片进入地球原始的海洋，在那里，它们融入了古生菌、真菌和藻类中。基因中的光敏蛋白因为能够应答光信号而产生光合作用、能量储藏和生长作用，被选择性地保留了下来，科学家们将之命名为"视蛋白I"。

这些原始的生命形态在海洋中演变得日渐复杂，接着它们走上陆地，进化出了各种形态。光敏蛋白分布在脊椎动物的视网膜、脑、睾丸和皮肤，让人能够感知光线，科学家们将之命名为"视蛋白II"。

女神阿佛洛狄忒在人类眼中燃起火焰，照亮万物，其实只是让生物体中的光敏蛋白感知到宇宙中某个波段的光波。

火星生命给地球带来了光敏蛋白，他们的基因碎片融入地球生命——甚至包括人类的血脉里，也流淌着来自夜空中那颗红色星星上的血液。

如果是后者——"虫子"本身就是一个独立的生命体——那么它们更像一群浪迹在太阳系的蝗虫。如同《星空》中来自太阳系的审判一样，闪烁着和流动着的，充满了宇宙的那些"光"里，就穿梭着这样的寄生生物。

宇宙是一个巨大的电磁场，只要光源在这个电磁场中振动，立刻就能被充满宇宙的电磁辐射加速到30万公里每秒。这就是它们在星际间旅行的秘密。脱离蛋白质宿主，它们可以在真空中存活数分钟之久。然后它们抵达一个行星，俯冲而下，四处寻找。一旦这个星球上存在蛋白质，那么它们的寄生生涯就开始了。

很难说清它们到底是什么时候抵达火星，并且发现这里的地层之下含有水和蛋白质的——谁知道呢，也许它们本来就来自火星。

顾夕从那些癫痫病人身上发现了一个秘密。

癫痫并没有阻止伟大的牛顿发现万有引力，除此之外，在1703年他还完成了集大成的《光学》一作，于次年出版。

陀思妥耶夫斯基9岁第一次癫痫发作，在1868年完成了以拿破仑和沙俄卫国战争为背景的《白痴》，拿破仑本人也是历史上一位著名的癫痫患者。

刘易斯·卡罗尔的第一本日记是从1853年开始的，他在其中详尽地记录了自己癫痫发作的感受，然而这本日记在他身后却失踪了。

凡·高1880年春游奎姆，住在当地一户矿工家中，他突然就开始走上了绘画创作的道路，也许正是在那里他遭到了"虫子"感染；而他的身体也从1883开始每况愈下。1883年是凡·高画作的一个分界点。

冷湖地中四井井喷那一年，是1958年；海子前往西藏途经青海是1988年；而现在，是2018年。

"今年两者距离仅为5760万公里，是15年来最近的一次。火星和地球每15年靠近一次，最远时相距4亿公里……"大货车上的电视屏幕中，主持人正在和嘉宾聊着什么。接着画面变得扭曲，信号消失了，只剩下雪花噪点。

现在我们知道，那是宇宙背景光波辐射的证明。

顾北按熄了电视开关，一个急刹车停在了荒无人烟的公路上。

他沉吟片刻，调转车头，一路向着野马滩方向而去。

"火星和地球每15年靠近一次，最远时相距4亿公里。当地球和火星运行到各自轨道的远端时，从地球到火星即使以光速飞行，也需要近4个小时；而今年两者在最近距离时，仅需要192秒，不到4分钟。"

顾夕回想起在吉普车的电台里收听到的内容。

1703、1853、1868、1883、1958、1988、2018……它们之间相差的年份，正好都是15的整数倍。

她对照着那张记录了从1899年到2018年火星运行轨迹的表格，发现这些年份都正好是火星距离地球最近的年份。

不到4分钟，对于那些可以在真空中存活数分钟的寄生生物来说，足够了。

它们就像亚马孙雨林树冠上，从僵尸蚂蚁头顶菌丝喷射出的孢子，从火星飞向地球。不过这种"孢子"拥有宇宙间其他寄生生物无法比拟的速度：每秒30万公里。

天文台监测到的，是它们进入地球大气时发出的切伦科夫辐射。

数以亿计的孢子以高能粒子的形态穿越地球大气，没有损耗掉的那些，则开始在陆地和海洋中寻找理想的宿主。

充满生命的地球就像一颗诱人的培养皿，培养着供这些生物寄生的蛋白质。

每隔15年，一次轮回。

周扬在天文台值班室一台没有连接外网的电脑上，噼里啪啦地编写着一段指令。

终止一个计次循环，是他写过无数遍的代码。他的代码总是很简洁，设置条件为真时可以从任何一个语句后面直接退出循环。只是在搞清楚真相之前，他不知道设置什么条件为"真"。现在，他要做的就是把这个"真"藏在代码里。

顾夕看着正在专注编写代码的周扬，脑海里回想起汪伯伯的话："导入光敏蛋白表达在神经元细胞膜上，通俗点说就是给神经元装上'开关'。然后通过特定波长和频率的光线照射激活光敏蛋白，发出'关闭'的指令，抑制神经元异常放电，也就根除癫痫了。"

解铃还须系铃人。

周扬需要一个故事，一个讲起来可信的故事，能够骗过"虫子"，让它们读取这段指令，运行代码，然后自动关闭。

一旦关闭，这些光敏蛋白将进入休眠，成为人类身体里的一段垃圾基因。我们身体里有如此之多的垃圾基因，有的来自上古病毒，有的来自未知历史。至少这一次，我们知道这段垃圾基因来自火星。

语句1

如果真（坠毁）跳出循环

语句2

如果真（能源）跳出循环

语句3

如果真（救援）跳出循环

语句4

如果真（火星）跳出循环

……

只要使用特定的光波照射，"虫子"们就会开始运行这条代码。当它们迷失在似曾相识的故事里，"火星"这个条件就会突然跳出来。

判断为真。

跳出循环。

游戏结束。

周扬现在已经知道了光波频率和代码指令，万事俱备。

他扭头看了一眼顾夕。

顾夕正抱着双臂站在值班室的窗户边,望着外面空荡荡的泥路出神。泥路延伸向遥远的天边,野草在风中摇曳。

她只是想来寻找突然失踪的丈夫,没想到却翻出了宇宙洪荒中的一个秘密。

周扬走到顾夕身边,轻声说:"都弄好了。"

顾夕回过头来,她故作轻松地问:"人家天文台可是国家单位,凭什么相信你一个程序员啊?"

周扬笑笑,不置可否。

如果以纸条上写的同样的频率,发射他写的这段代码,这段光波辐射会从中国青海的德令哈,穿过大气层,射向宇宙深处。在光波所及之处,"虫子"都会纷纷进入休眠。

"接下来怎么办?"顾夕问。

"接下来,"周扬说,"回家。"

顾夕看了看周扬,笑了。

作为一个有知识有文化的已婚妇女,她才不关心什么百战天虫、宇宙奥义。

她来青海找丈夫,丈夫找到了。

现在,是该一起回家了。

DAY 4　4月01日

● VIDEO 17

赤红色的天空。

周扬坐在镜头左侧,这次的视角应该是顾夕的。

他们一人穿着一身臃肿的宇航服,一起坐在绵延到天边的戈壁上,远远近近那些形状各异的风蚀岩宛若出自某位疯神之手。

这是世界的尽头。

也是冷酷的仙境。

顾夕低下头,看到自己戴着手套的双手。

她端详着这双手,觉得是那么陌生,仿佛那不是她的。

周扬牵起顾夕的手,放进自己手心里。

世界倾斜了。

碎裂了。

顾夕突然觉得宇航服的面罩上破开了一条缝，氧气急速地外泄。

很快，一种窒息感让她失去了知觉。

● VIDEO 18

天空像柔软的蓝丝绒，盖在粗砾的灰蓝色戈壁上。

在如瀑的星光下，天文台的灰色平房和白色天线罩静默着。

突然，天文台的值班室里响起刺耳的警铃声。

小李从平房里跑了出来，一边朝着站在雪地里的顾夕挥手："快跑！"

小李一脸错愕地从顾夕身边跑过，他不明白她还愣在那里干吗——他用尽吃奶的力气顺着泥路往东跑去。

顾夕看到周扬走出天文台值班室的门，沿着泥路朝自己走来。

皑皑白雪和蓬乱的野草仿佛在夹道欢迎。

周扬身后，是那颗夜幕下反射着月光和星辉的白色圆球。

顾夕站在雪地里，一动不动。

刺耳的警铃声中,她像个等待骑士的公主一样,等待着周扬朝自己走来。

报警器的响声渐渐变成了心电监控的滴滴声。

顾夕在铺着淡蓝色床单的病床上醒了过来。她睁眼看看窗外,夕阳正悬垂在远方的天际线上,从摩天大楼的背后照射出金色的光芒,勾勒出大厦高低起伏的轮廓。收音机里传来断断续续的声音:"北京市启动重污染蓝色预警,明日有望空气好转;美国各界批评特朗普对华贸易保护措施;俄就'毒杀双面间谍案'向英法连发24问;菲律宾一载人汽车坠入10米山崖,致中国乘客1死3伤……"

顾夕抬起头,看着灰白色的天花板。天花板上有一块青灰色的印渍晕染开,形状像只小狗。

她听到床畔传来老宋和大菀儿的声音,两人似乎在讨论一会儿上哪儿吃饭的事。顾夕扭头,瞄了一眼坐在椅子上正专心玩手机的顾北。她的大脑慢慢活了过来,眼前的一切终于变成了某种可以被理解的事实——几天前,顾夕的丈夫周扬失踪了。顾夕去了一趟青海,找到了周扬。

一切都像一场梦境。

然而她还是自己回来了。

周扬消失了，不见了，在大西北的那片戈壁上人间蒸发了。

当顾北、老宋和大氐儿开着大货车回来找她时，在路上遇到了小李。按照小李的说法，周扬擅自把一段自己写的代码，以仪器几乎无法承受的大功率朝着宇宙深处发射了出去。这个举动触发了天文台值班室里的报警器。超剂量的异常光波辐射，带着周扬用密码写成的某种指令，拔地而起，射向夜空。直到七分钟后，天文台自动断电。

等光波辐射过去之后，他们一起回到了野马滩的天文站。在漆黑一片的值班室里只找到了一个装在宇航服里、昏迷不醒的顾夕。周扬早已经不知去向。

对顾夕来说，唯一合理的解释就是——她猜错了"虫子"真正的寄生策略。

还记得亚马孙雨林里的僵尸蚂蚁吗？爬上树冠并没有完成一次循环，而必须咬住一片向阳的树叶，等待鸟类捕食。鸟吃了蚂蚁，真菌随着鸟类粪便落到林地上，发育，成熟，繁殖，在夜间喷洒孢子，再次寄生到蚂蚁身上，开启新的循环……

假如人类只是蚂蚁，"虫子"的真正目的，是让人类爬上高高的树冠，暴露在向阳的树叶上，便于被捕食者发现。当那束光波从地球射向宇宙深处，其中的代码已经不再重要了。重要的是，任何一个"捕食者"都能从那束光波追踪到地球的实际坐标。捕食者掠食地球，然后离去，"虫子"的孢子就被散布到了各个行星系。在路途中，它们需要地球生物充当"蛋白质宿主"供给它们养分；而一旦发现合适的行星，它们便在真空的宇宙中被电磁场加速到光速，降落在那些有生命的星球上。

这才是一个完美的闭环。

如果不是这样，它们永远都无法离开太阳系。

"虫子"的企图，并非每隔15年向地球喷发一次孢子，而是静静地等待这个星球上的生物发展出文明。

它们让他们向往光明，向往星空，向往宇宙的秘密。

它们来到地球，蛰伏在进化的必经之路上，等待了几百万年，终于，这一天来了。

宿主把带有地球坐标的信息发射向宇宙，接下来，"虫子"就只需要静静地等待鸟类捕食者的来临。

而这一切和周扬有什么关系呢？

周扬或许有意无意地，为"虫子"完成了这样一个完美的闭环。

在德令哈的天文台，他曾答应过要和顾夕一起回家。

他没有做到，唯一的解释就是，他的家不在这里。

不在地球上。

那些带有噪点的画面，不是视频，而是周扬眼中的世界，是他在地球上和顾夕一起生活的记忆。

只有在光敏蛋白无法寄居的海马体，他才能把对顾夕的记忆点点滴滴都保留在那里。

Bye。

DAY 4　4月01日及后来

报警器的响声渐渐变成了心电监控的滴滴声。

顾夕在铺着淡蓝色床单的病床上醒了过来。她睁眼看看窗外，夕阳正悬垂在远方的天际线上，从摩天大楼的背后照射出金色的光芒，勾勒出大厦高低起伏的轮廓。收音机里传来断断续续的声音："北京市启动重污染蓝色预警，明日有望空气好转；美国各界批评特朗普对华贸易保护措施；俄就'毒杀双面间谍案'向英法连发24问；菲律宾一载人汽车坠入10米山崖，致中国乘客1死3伤……"

顾夕抬起头，看着灰白色的天花板。天花板上有一块青灰色的印渍晕染开，形状像只小狗。

她听到床畔传来老宋和大氁儿的声音,两人似乎在讨论一会儿上哪儿吃饭的事。顾夕扭头,瞄了一眼坐在椅子上正专心玩手机的顾北。她的大脑慢慢活了过来,眼前的一切终于变成了某种可以被理解的事实——几天前,顾夕的丈夫周扬失踪了。顾夕去了一趟青海,找到了周扬。

一切都像一场梦境。

"周扬呢?"顾夕虚弱地问。

顾北见她醒了,赶紧收起手机。老宋和大氁儿也围了过来。顾夕眼角的余光瞥见密密麻麻的人影晃动着朝病床靠近。

"想喝水吗姐?"老宋麻利地拧开一瓶矿泉水。

顾夕摆摆手。她努力要从围拢过来的人群中寻找出周扬的面孔。

"你可醒了。"顾北的下巴上尽是青色的胡茬,"这都已经昏迷两天两夜了。"

"手机……"顾夕连忙说,"我今儿还有课呢……得给学院领导打个电话。"

"今天4月1号,星期天。"顾北说,"你从30号晚上一直昏迷到现在。刚醒就这么着急忙慌的,能不能好好躺着别动?"

老宋和大氁儿也连连点头。

"4月1号？"顾夕有点生气，"你骗谁呢顾北……你真当是愚人节啊？"

这时人群中有一个声音说："顾北说得没错，小夕。"

顾夕听见父亲的声音，转动眼睛，从人群中找到了父亲的脸。

"爸……"顾夕有些哽咽地叫了一声。

"好好休息吧。"顾父紧紧地拉住顾夕的手，"你3月30号晚上在冷湖镇往东50公里处的戈壁上晕过去了，是小北他们连夜把你送回北京的。"

顾夕不敢相信："我已经……昏睡了两天？"

顾父点点头，用宽大的手掌包住顾夕的手，拍了拍，不再说话。

那周扬呢？

在青海和周扬的最后一次相遇，都是幻觉吗？

如果从30号晚上起就陷入昏迷，那31号和1号的记忆本该是断片儿了……但顾夕却清晰地记得周扬，记得野马滩，记得那座仰望银河的天文台，记得那个白色圆球，像极了她婚礼那天的布景……她记得茇茇野草和皑皑白雪，记得草丛中飞出的鸟儿身上灰白的羽翼，记得周扬牵起她的手，对她说"回家"。

"12号床加液体了。"护士走了进来,拿出配置好的针管,"12号床,姓名顾夕?"

顾夕怔怔地,没有回答。护士又问了一次,顾父替她答道:"是。"

护士翻了翻输液记录,核对了药瓶上的标签,往顾夕床头的吊瓶里注入了三管药水。她伸手弹了弹输液管说:"孕8周,注意静养啊。"

顾夕恍惚间回过神来。

她没有露出吃惊的表情。她那一场大梦,终于因为有了新的羁绊,如梦初醒。

顾夕很快出院了。

她独自回到家,家里处处都有周扬生活过的气息。

但周扬已经不住在这里了。

她度过了一段悲伤寂寞的时光,直到有一天,当她放了满满一盆洗澡水,走进浴室,突然一怔。

浴室的镜子上,是一个手写的词:go on。

看起来像是曾经有人用手指在镜面上一笔一画、反复写下的。

顾夕伸手去触碰那行字迹。隔着玻璃,她的手指和镜中的手指，却无法贴在一起。

在那之后，她又去了一次曾经跟周扬一起吃饭的那家餐厅。

这一次，靠玻璃幕墙的餐桌旁，只坐了顾夕一个人。

玻璃幕墙外，华灯初上，银河SOHO流光溢彩。

服务生端上来一道菜，XO酱烩海鱼。

顾夕用刀切开鱼头与鱼身，把鱼头放进自己的盘子。

她一面拿叉子去拨弄面前盘子里的鱼头，有些索然无味。

张开的鱼嘴里，一只被炸得焦黄的甲虫似的怪虫似乎正盯着她看。那鱼已经没有了舌头，这只怪虫就是它的舌头。

顾夕心里泛起一阵恶心，突然捂住嘴，转身跑向了卫生间。

她撞开卫生间的门，朝马桶里呕了起来。接着，她按下马桶的冲水按钮，扶着厕所隔间的墙站起来，打开门，走到洗手台前，两手支在黑白大理石台面上，看着镜子里的自己。

顾夕伸出左手理了理头发，然后抬起右手，放在了腹部。

在青海的时候，她竟然没有意识到自己身体里已经孕育着一个新的生命。

冥冥之中，这是老天的安排。按照产检医生的说法，胎儿也是一种寄生生物，自在子宫里着床起便开始吸食母体的营养，直到呱呱坠地的那一刻。

顾夕转身走出了洗手间。

她重新坐回了餐桌前，抬起头，看向窗外。

餐厅内的大红灯笼映照在玻璃上，显现出天上同时悬着三个红色巨星的奇观。

顾夕看着天空中并不存在的火星，泪水慢慢模糊了眼睛。

她心里释然了。

周扬离开了，她找过了。他没有再回到她的生活，而她必须继续下去。

"周扬，看！"她曾指着窗户上的幻景对周扬说，"火星！"

"我就是打那儿来的。"

当时，周扬是这么回答的。

就像地球和火星，在相距最近的那一刻之后，又开始渐渐远离。

终于，在这一刻，她原谅了周扬，也原谅了自己。

就这样轻易　因为你

我也能试着　写一首歌给你听

是关于你

没什么准备　一张琴

合着这声音　我只是想告诉你

我爱着你

也许有一天我们　终究会面对分离

也许有一天我们　会在老地方相遇

郭顶《想着你》

去他的时间尽头

在这样循环往复了一天又一天之后,2018年的8月8日变成了一座孤岛,一个无形的牢笼。我像一只蚂蚁,被困在这一片火腿之中,沿着它的横切面一圈又一圈地爬行,起点即终点,终点即起点。

我成了时间尽头的囚徒。

1
第133天

孤独是一种病

这座城市,一共住着两千一百七十万人。

我对面这位,一芬兰国际友人,不远万里来到咱们这儿,过了几天朝九晚五挤地铁上下班的生活之后,这哥们儿祖传的社交恐惧症无药而愈。

在芬兰,平均一平方公里只有十八个人;但是在北京早高峰的地铁上,一截车厢塞十八个人那算宽敞的。

"李正泰!李正泰!"

此时此刻人满为患的宜家商场,扩音器里有个声音好听的姑娘深情款款地喊了一遍又一遍。

与此同时,一只说不上来什么颜色的蝴蝶,在迷宫般的商

场里翩然飞舞，跃过攒动的人头，绕过高耸的货架，落在一面儿铮亮的窗玻璃上。它收起布满细小鳞片的翅膀，感受着室内流动的空气和轻击在玻璃另一面的雨滴。不知道它能不能理解，它所感受到的风和灰蒙蒙的光亮，来自被面前这个透明的玩意儿阻隔着的两个世界。

对面的芬兰哥们儿在一张爱克托沙发上翻了个身。刚上咱们这儿来那会儿，各种场合下乌泱乌泱的人给他吓得不轻。他说有生之年都没承想，一北欧性冷淡风家居商场能火成这样。到了周末，冲着免费咖啡来的老头儿老太太日出而作，日落而归——整个餐厅的顾客年龄总和绝对艳压朝阳公园的老年相亲角。

芬兰哥们儿上这儿来，是进行社交恐惧症的脱敏治疗。用他的话说，在衣柜间，在沙发间，在厨房样板间——跟陌生人摩肩接踵，"既恐怖，又色情"。

这些都是他亲口跟我说的。只不过现在，他还不认识我。

嗯，看样子他治疗得不错。

"李正泰！李正泰！李正泰顾客请注意！"

至于我嘛，上这儿来也是为了治疗。

"您的朋友在商场二楼出口处等您！"

当一个人孤独太久，像我这样走进宜家，告诉这里的工作人员我和我的朋友李正泰走失了，我会在出口等他——不出意外的话，就会有一个声音好听或者不好听的男人或者女人，在广播里大声地呼唤这个名字。

其实没有谁会到出口来跟我会和。

孤独是一种病，我只是想听到别人以我的名字呼唤我。

我是李正泰。

2

王毛毛站在一根电线杆前，往上刷胶水。

她背包里放着一叠纸，刷好之后她从里头抽出一张来，贴在了电线杆上。

一张狗的大头照，还有几行黑体字。

寻狗启事
联系电话
必有重谢
永久有效

王毛毛一边贴寻狗启事，一边想，电线杆真不愧是城市的"会客厅"，什么消息都能往上招呼。如果哪天互联网瘫痪了，只要电线杆还屹立不倒，信息就能烽火连台。

一根电线杆，上下两段，物尽其用。

下半段是犬科动物的朋友圈。如果你是条新来的狗，只要找对电线杆，就能拜对山头。这一片有几条同类，是男是女，是老是少，漂亮吗，单身吗，豆腐脑爱吃甜的还是咸的……统统都能闻出来。

上半段是灵长类动物的朋友圈。尖锐湿疣，难言之隐，请拨1；富豪老公无法勃起，白富美重金求子，请拨2；三分钟开锁王，请拨3；专业防水，请拨4；投资移民，请拨5。

一般来说，混迹在下半段的，基本是有一说一；混迹在上半段，多数是骗子。

要说电线杆教会了她什么，那就是——人类还没有一条狗可信。

可是跟王毛毛相依为命的狗走丢了。

王毛毛皱着眉头，盯着电线杆上的"寻狗启事"，祈祷着这能管用。照片上的那只狗，脖子上挂着一块奖章似的名牌：Leon。

《这个杀手不太冷》里的杀手的名字。

3
初始坐标

时间根本就不存在

著名表演艺术家郭德纲老师说过,最适合一个人关起门来发呆的职业,是灯塔管理员。受这句话启发,我在"宇宙中心"五道口的一家公司当了两年金融狗之后,炒了老板鱿鱼,现在从事着一项似乎是为我量身打造的职业。

电影放映员。

坐在放映室里,我才真正感觉到这里是宇宙的中心。

黑暗中,尘埃乘着光线飞驰,光影投射在幕布上,像灯塔的光束照进汪洋。

咳,算了,说实话吧,我炒老板鱿鱼是因为上班太远了。这家电影院就在我家楼下,每天从起床到上班,只消十分钟。

当同龄人都过着两点一线的生活时,我已经过上了毫无运动痕迹的生活——至少对于GPS定位卫星来说,我的生活轨迹几乎是静止不动的一个点。

我讨厌出门，不喜欢一切交通工具，最近一年来的计步数加起来可能还走不到通州。

虽然收入只有之前的四分之一，但我喜欢现在这样简单的生活。简单就是井井有条。金融狗每天都和各种数据打交道，看起来客观严谨，但要处理的情况却瞬息万变。而电影放映员就不同了。这是一个特别有计划性的职业，每一个厅，不同时间段，排什么片儿，都提前计划好了。工作起来不用思考，只用按计划表执行。这样我每天可以省下大量的时间，用来坐在放映室里发呆。

放映室里有一面石英钟，它的时针、分针和秒针都在尖儿上有一滴夜光。秒针一格一格走动，就好像一只萤火虫沿着时间的轨迹一圈一圈爬过。

现在是凌晨五点三十七分。

坐在10排1座，身上穿的汗衫印一"靠"字儿那男的，是我的发小陈果。旁边那个身上穿的汗衫印一"谱"字儿的，是他交往了三年的女朋友。陈果开了一家叫"奶奶的熊"的网咖，小本经营，童叟无欺。他这人吧，没什么别的毛病，就是抠门。陈果今天打算干一票大事，本来打算就在网咖对付过去了，后来还是决定下血本包个影厅。

电影结束，灯光亮起之后，陈果会向他女朋友求婚。

可是还没等到这一刻，一个意外出现了。不知道为什么，1号厅数字放映机的氙灯炸了。灯碗被炸成了四下飞溅的无数碎片。幕布上的画面消失了，只剩下放映机散热风扇转动的"哒哒"声。漆黑一片中，"应急出口"几个字闪着幽幽的绿光。

"媳妇儿，跟你商量个事儿成吗？"陈果在黑暗中搂住女朋友，急中生智地问出这句话。

我连忙按下开关，影厅灯光亮起。

趁女朋友还没来得及回答，陈果以迅雷不及掩耳盗铃之势从座位底下摸出早已准备好的玫瑰和钻戒："遇到你之前，我活得就像一句脏话。可是遇到你之后，我有谱儿了！"

陈果女朋友眼里噙满泪水，在陈果热切而又焦急的注视下，嘴唇颤动着，两行晶莹的泪珠滚落脸颊，梨花带雨地握着他的手说："一直想和你开口，却不知道怎么开口。陈果，我们不合适。我……我们分手吧。我要去日本了。"

就这样，陈果出师未捷身先死。

我和陈果都认为，他求婚失败，氙灯爆炸要负很大责任。

但是佳人去意已决，我只能劝他想开点。

被氙灯爆炸连累的不止陈果，还有我。本来我当班到凌晨六点就能下班，在还有几分钟就站完这班岗的时候，它却出乎意料地炸了。事发时离1号厅最近的张姐第一时间就提着撮箕拿着扫把冲进了放映室，她一边扫着地上的玻璃碎片，一边和我絮叨："小李啊，你没事儿吧？"

我拍了拍脸、胳膊、大腿，应该没有被碎片扎到。

"你若安好，便是晴天。"张姐走到我身边，看看我，又看看损坏的放映机，"你若安不好，我这就去报告给杜经理。"

我一路麻溜地来到保管室，找王工领新的氙灯。他看看坏掉的灯头说："1号厅放映机上的灯用不少时间了吧？你记着，氙灯用个三四百小时，最好翻一面儿，这样可以延长使用寿命。不然负极下垂，变秃瓢了就容易炸。"

我回到放映室，拿出标签条，在上面写下：2018年8月8日。贴在氙灯下方的塑料机身上，盖住了原来那张"2018年7月2日"的旧标签。

爱因斯坦曾说，时间只是人体记忆中的错觉，时间根本就不存在。但是如果时间根本就不存在，是什么给氙灯、树木、星辰和人——是什么给万物暗中标注好了"使用寿命"？

4
第1天

这感觉真是诡异

放映室里有一面石英钟，它的时针、分针和秒针都在尖儿上有一滴夜光。秒针一格一格走动，就好像一只萤火虫沿着时间的轨迹一圈一圈爬过。

时针和分针指向五点三十七分。

我站起来。透过放映室的观察孔，我能看到10排座椅靠背上冒出来的两个脑袋。

后脖子传来一阵凉意。

摸出手机，显示时间是2018年8月8号。

我匆匆走出放映室，在走道里碰上张姐，问她今天是几号。

"8号啊。"张姐说，"小李啊，你没事儿吧？"

我摆摆手，转身跑进1号厅。随着电影画面明暗交替的变化，渐渐看清黑暗的观众席上坐着的正是陈果和他女朋友。

回到放映室,我检查了一下数字放映机的机身,不禁汗毛倒竖——在本来该贴着"2018年8月8日"那张新标签的地方,却是以前那张"2018年7月2日"的旧标签。

这感觉真是诡异。

如果是这样的话,那么再过几分钟,数字放映机上的氙灯就要爆炸了。

我低头看看石英钟。

石英钟上的秒针滴答、滴答、滴答……

"噗"的一声,氙灯炸了。

5
第2天

**如果你发现自己陷入无限循环的一天了,
你会怎么办?**

我睁开眼,等到适应了周遭黑暗的光线,发现自己是坐在放映室里。

看看时间,凌晨五点三十七分。

我站起来。透过放映室的观察孔,我能看到10排座椅靠背上冒出来的两个脑袋。

我摸出手机,上面显示时间是2018年8月8号。

我检查了一下数字放映机的机身,不出所料,在本来该贴着"2018年8月8日"那张新标签的地方,却是以前那张"2018年7月2日"的旧标签。

我跑出放映室,撞上张姐,她说:"小李啊,你没事儿吧?"

我一路小跑着去找保管室的王工领新的氙灯。他从抽屉里摸出来一个记录本,拿骨节粗大的手指点了点:"小李,咱们有规定,领新灯要上交旧灯头。"

我说:"旧的还在放映机上用着呢。"

王工问:"那你来干啥?"

我答:"这不马上就炸了。"

他拿手背朝我扇了扇:"那等坏了你再来嘛。"

我说:"王工,1号厅放映机上的灯用不少时间了吧?一直没翻面儿,负极下垂,变秃瓢了就容易炸。这新的我一定好好爱惜,一个月翻一次面儿。"

他怔了怔,抬起头,压低鼻梁上的眼镜,两只眼珠子朝上翻着看看我，然后默默地转身从靠墙的柜子里取出一只新的氙灯递过来。

我回到放映室，四下漆黑一片。旧的那只氙灯刚刚已经炸了，我赶紧把手上这只新的换上去。

好在这个小小的插曲没有影响到陈果。凌晨六点，放映结束，灯光亮起，他双膝跪地，向女朋友含情脉脉地说："媳妇儿，跟你商量个事儿成吗？"

趁女朋友还没来得及回答，陈果以迅雷不及掩耳盗铃之势从座位底下摸出早已准备好的玫瑰和钻戒："遇到你之前，我活得就像一句脏话。可是遇到你之后，我有谱儿了！"

陈果女朋友眼里噙满泪水，在陈果热切而又焦急的注视下，嘴唇颤动着，两行晶莹的泪珠滚落脸颊，梨花带雨地握着他的手说："一直想和你开口，却不知道怎么开口。陈果，我们不合适。我……我们分手吧。我要去日本了。"

陈果的求婚"又"失败了。

人和人之间的缘分，还真不是靠情侣衫就能绑定的。看来导致陈果被甩的锅，氙灯不能背。就算"钱是王八蛋"，可是这年头凭一朵花和一句誓言就能打动的女孩子，比三条腿的蛤蟆、调成静音的手机、每天都换内裤的直男还难找了。

二十分钟后，陈果在街边的卤煮火烧摊子上哭得像个一百二十四公斤的孩子——我没有失过恋，很难体会他这样号啕大哭的心理成因。说实话，我连朋友都没几个。除了陈果之外，只有布拉德·皮特和阿尔帕·西诺是我的朋友。它们是被楼里住户丢掉的一只仓鼠和一只乌龟。

把他送回"奶奶的熊"之后，陈果央求我留下来陪他打会儿游戏。

我们玩的是FIFA，他每次总输，牌臭瘾大。

正玩着，我问他："如果你发现自己陷入无限循环的一天了，你会怎么办？"

陈果疯狂地按着游戏手柄，目不转睛地看着屏幕说："嘛叫无限循环？"

我说："就比如今天吧，你过完今天，醒过来发现又是今天。"

其实，准确地说，并不是"无限循环的一天"。通过"昨天"的经历，我发现自己是从8月8号的晚上七点三十七，突然蹦回早上五点三十七的。

陈果说："啊！那我不还得再被甩一次？"

接着他又开动脑筋想了想说："那是不是可以每天都这样打

游戏?"

我说:"对啊。"

他扭头看了我一眼:"要是明天可以全部重新来过,那是不是今天做什么都不用负责?"

我说:"差不多就这意思吧。除了你自己的大脑,别的就像游戏副本可以重读进度,你生活里的人不会记得时间循环时发生的事。但是你自己的记忆是累积的,'昨天'发生的事情你都记得。"

陈果笑了:"那不等于有了超能力。"

好吧,他终于搞清楚我的问题了。

陈果盯着屏幕,舔了舔嘴:"你说如果我这样了……是先去逛澡堂,还是先去抢银行?"

一位伟人曾说,每一个阳光灿烂的少年都会变成油腻中年,当他变了,你不要惊慌,不要悲伤。另一位伟人曾说,出身不由己,而朋友可以自己选择。倘若选了个陈果这样的,跪着也要把这段友情走完。

是这道理吧?

6
第3/4/5/6/7……天

七点三十七分,世界倾斜了。

我的一天基本是这样度过的:凌晨五点三十七睁眼,发现自己置身放映室。透过观察孔,我能看到10排座椅靠背上冒出来的两个脑袋——陈果和他女朋友。替换氙灯。凌晨六点,结束放映,亮灯,目睹陈果求婚失败全过程。陪他喝酒,看他宿醉,扭送他步行至"奶奶的熊",陪失恋的他打两把FIFA。

接下来,我回家,想在煎饼馃子摊上买两个饼当早餐,结果遇上一场鸡飞狗跳,未遂;走回公寓楼下打算搭电梯,结果碰上一群大爷大妈外加一对双胞胎姐妹把电梯挤得水泄不通,我不习惯和陌生人挤在一起,让他们先上吧,可电梯居然半路故障不下来了;爬楼梯到十二楼,开门进屋准备蒙头就睡,隔壁突然传来如泣如诉的狗叫,敲门让邻居管管,邻居正抡着皮带揍狗。

回到家,洗个澡,在120救护车的呼啸声和狗叫的伴奏中昏睡过去。中间被手机铃声吵醒一次,我妈打来的,从昨晚到今天一共十四个未接来电。昨天是我上晚班,所以手机设置了十二小时静音。电影院的晚班都是从晚上六点上到早上六点。接到老妈的第十五个来电,我彻底醒了。窗外已经天擦黑了,我挂了电话,拿手机点了外卖。

七点三十五分,下楼拿外卖。我走出大厦,仿佛进入另一个世界,北京城淹没在幕天席地的大雨之中。我站在马路牙子上等外卖的时候,一辆面包车悄然拐进了辅道。

七点三十七分,世界倾斜了。视线中的街道、行人、广告牌从竖直顺时针转了九十度,统统倒地不起。对于一个死宅来说,这一刻的景象竟然有一种奇异的美感:视野里的一切变得格外清晰——但又因为这场大雨,而格外模糊。

世界与我之间隔着眼皮这层幕布。幕布徐徐拉上。

我去,什么东西碾我身上了。

2018年8月8日,这句话成了我的最后一个念头。

你看,我讨厌交通工具是有原因的。

我被面包车撞倒,死了。

然后我就在一片黑暗中醒来。

幕布缓缓拉开。

我感觉自己就像漂浮在虚无之海中的一个魂灵。这是哪里？天堂？地狱？我拿手狠狠掐了一把自己的脸——指尖传来的感觉软硬适中，脸上传来的感觉火辣辣的还挺疼——我……没有变成鬼？

等眼睛渐渐适应这片黑暗，我发现自己一个人坐在放映室里。

放映室里有一面石英钟，它的时针、分针和秒针都在尖儿上有一滴夜光。秒针一格一格走动，就好像一只萤火虫沿着时间的轨迹一圈一圈爬过。

现在是凌晨五点三十七分。

我站起来。透过放映室的观察孔，我能看到10排座椅靠背上冒出来的两个脑袋。

我又回到了十四小时前，2018年8月8号的早上。

替换氙灯。凌晨六点，结束放映，亮灯，目睹陈果求婚失败全过程。陪他喝酒，看他宿醉，扭送他步行至"奶奶的熊"，陪失恋的他打两把FIFA。接下来，我回家，想在煎饼馃子摊上买两个饼当早餐，结果遇上一场鸡飞狗跳，未遂；走回公寓楼下打算搭电梯，结果碰上一群大爷大妈外加一对双胞胎姐妹把电梯挤得水泄不通，我不习惯和陌生人挤在一起，让他们先上吧，可电梯居然半路故障不下来了；爬楼梯到十二楼，开门进屋准备蒙头就睡，隔壁突然传来如泣如诉的狗叫，敲门让邻居管管，邻居正抡着皮带揍狗。回到家，洗个澡，在120救护车的呼啸声和狗叫的伴奏中昏睡过去。中间被手机铃声吵醒一次，我妈打来的，从昨晚到今天一共十四个未接来电。昨天是我上晚班，所以手机设置了十二小时静音。电影院的晚班都是从晚上六点上到早上六点。接到老妈的第十五个来电，我彻底醒了。窗外已经天擦黑了，我挂了电话，拿手机点了外卖。七点三十五分，下楼拿外卖。我走出大厦，仿佛进入另一个世界，北京城淹没在幕天席地的大雨之中。我站在马路牙子上等外卖的时候，一辆面包车悄然拐进了辅道。

七点三十七分……

嗯，相信你已经知道接下来会发生什么了。

7
第8/9……29/30天

我成了时间尽头的囚徒

我的生活轨迹不仅从空间上变成了一个几乎静止不动的点,从时间上来说也是如此。

简单、重复,无须思考。

一个完美的闭合圆弧。

这简直是全世界死宅都梦寐以求的生活。

打个比方:这就像活在一段反复播放的时长十四小时的影片当中,你对人生中的过去、现在、未来,你对人生中的每分每秒都了然于胸。

在这段无限循环的时间里,我醉生梦死,甘之如饴。

我甚至有些害怕这样的日子会在某一天毫无预兆地就结束了。

但渐渐地,事情开始朝着我始料未及的方向发展。

我开始担心这样的日子永不会结束。

谁都能看出来,我的世界出了问题。也许宇宙是有自我意识的,而且它极有可能想与这个世界上的一切死宅为敌。比如为了惩罚我,它让我过上了之前梦寐以求的生活——足不出户,每天混吃等死,不用关心粮食、蔬菜、季节、刮风还是下雨,不用关心任何人。可是慢慢地,我就厌倦了这样的生活,混吃等死的快乐变成了生不如死的煎熬。

我居然萌生出了以前从来没有过的想法——我想要试着跳出这样的轨迹,推开命运馈赠的奇妙礼物,做些改变。

我试过不点外卖,而是在家煮泡面。可是我依旧活不过七点三十七分,多一秒都不行。

我试过在我住的这栋大楼里做点别的事。比如趁着倒班休假,坐到观众席里看电影——没有什么比看至尊宝以手指天喊着"般若波罗蜜",在一束白光中穿越回从前更应景的了。

但在晚上七点三十七分到来的那一刻,坐在观众席上的我会突然丧失意识。等我再次睁眼时,就会是十四小时前,在电影放映室里醒来的凌晨五点三十七分。

众目睽睽之下我是怎么消失的呢?我不知道。

我只知道在日复一日的重新读档中,我罹患了一种叫作"孤独"的绝症。如果世界是一条火腿,而我们所拥有的每一天都是由一只神奇的手用刀切出的薄薄一片的话——我已经把这一片咀嚼到快吐了。

当然，它连完整的一片都不算，它只有十四小时。

这样胡思乱想的直接后果就是，我把陈果当成了救命的稻草，也许结束这种日子的突破口在他这里？

我试过给陈果放别的电影，可他的求婚依旧以惨败告终。

我试过带他去逛手办店。"这个，这个，那个，还有那个……"我在手办店里指点江山的时候，陈果的脸颊像少女一样绯红，"都不要。剩下的全部打包，刷我的卡。"这下他的脸已经红得像山魈了。然而一到晚上七点三十七分，这些手办就会像灰姑娘的马车和玻璃鞋一样统统消失，世界会重启，一切会归零。他拥有过，却不再记得。

我还试过带他去见证各种奇迹的时刻。比如带他去和睦家的产房外面，精准地提前三十秒报出每一个产妇的姓名、年龄，生男还是生女。我轻轻松松展示出的"神迹"会让陈果忘记失恋的伤痛。我们一次次重复着这样的游戏，每一次陈果都惊讶得合不拢嘴，而我却渐渐百无聊赖、心如死灰。

命运馈赠的蜜糖，怎么就变成了砒霜？

在这样循环往复了一天又一天之后，2018年的8月8日变成了一座孤岛,一个无形的牢笼。我像一只蚂蚁,被困在这一片火腿之中,沿着它的横切面一圈又一圈地爬行,起点即终点,终点即起点。

我成了时间尽头的囚徒。

8

王毛毛把摩托车停在梧桐树投下的树荫里,跨坐在熄火的车上,看了看眼前的店招——奶奶的熊。

没错,就是这里了。她嚼了嚼嘴里的口香糖,吐出一个泡泡,下了车,跳上路沿,推开玻璃门,走了进去。

这是一间网咖,她拿手指压了压鼻梁上的镜架——那是一副风格复古的墨镜,圆形镜片和脖子上的颈链,机车外套、短裤、马丁靴相得益彰。王毛毛四下打量着,网咖里的上座率大概有两成,基本上都是年龄介于十五到二十五岁、有着不同程度黑眼圈的男性。

柜台后面坐着老板,一个穿汗衫的胖子。老板脚下是一地的空酒瓶,他垂着头,打着瞌睡,散发出一股酒味,像个搁在椅子上的，装满了发酵物的麻袋。柜台上贴着一张A4纸，白纸黑字地写着"老板娘跑了，包月八折特惠"。

王毛毛正要往里走，一个男人慌忙从座位上站了起来，快速走到她身边。

"V？"王毛毛问。

男人点点头，掏出手机，屏幕上是《V字仇杀队》里那张著名的面具脸。

验明正身后，男人示意王毛毛到网咖外面去说话。俩人来到店外，王毛毛问："狗呢？"

男人说："我带你去。"

"先看看照片。"

男人挠了挠后脑勺，举起手机，给她看了几张照片。

"是你的狗吧？"

王毛毛点点头。

男人说："加个微信，酬金先付一半。"

王毛毛从屁股兜里掏出几张百元钞票，递给男人。男人接过来，一张张点了点，揣好钱，说："走吧。你开车了吗？"

王毛毛走向树荫下的摩托车。等她把车推上大路，踩下油门，男人一下坐到了后座上："我来指路。"王毛毛翻了个白眼，发动了摩托车。

男人带她进了一栋公寓楼。密密麻麻的格子间宛若蜂巢，通廊式的走道昏暗无光。男人掏出钥匙，打开一扇门，示意王毛毛进去。

"狗呢？"王毛毛朝里瞟了一眼，没有动。

"你先进去等着。"男人说着，把她往里搡。

王毛毛抬起手肘抵在男人胸口。

男人突然顺势搂住她的背，喘息着说："你让哥爽一下，就当是另一半酬金。"

王毛毛二话不说，一脚猛踢在男人裆部。

医院急诊科，一男一女两名民警翻着病历，对视了一眼，又看了看坐在板凳上的王毛毛。

"阴囊红肿，左侧睾丸破裂……"男民警念了两句诊断结果，又看了看王毛毛，"姑娘，你下脚也太狠了点吧？"

王毛毛没吭声。

男民警递过来几张百元纸钞："这是他退还给你的钱。一码归一码，等会儿去收费处把急诊费结一下。里头那哥们儿可挨了八针。"

王毛毛接过钱，塞进外套口袋。

"本来是他报的警，但刚刚又说同意私了。"女民警说，"你的狗也不在他那儿。他是看到了你的寻狗启事，然后从一个网友那儿看到几张相似的狗的照片，所以想骗……"

女民警把"骗财骗色"几个字省略了。

"那照片就是我的狗。"王毛毛头也不抬地说。

"他主动交代了，发布照片的人住在东四十条那边的一个电梯公寓，和平电影院楼上。"男民警说，"好了，你注意安全。"

两名民警离开了。

王毛毛打开手机地图，在搜索栏输入了"和平电影院"五个字。

9
第61天

"时间不重要，生命才重要。"

吕克·贝松的《第五元素》。

我一个人坐在观众席上，看着长得跟两条腿儿直立行走的穿山甲似的蒙多沃旺人出现在1914年的埃及神庙,朝人类神父递出一把金色钥匙。这外星哥们儿在被石门碾成碎片之前,说出了那句载入影史、富有哲理的对白:"时间不重要,生命才重要。"

我终于决定不再坐以待毙。

我试着掌控命运,做一些疯狂的小事。

在煎饼馃子摊前,我伸脚绊倒了那个身后追着无数大喊"抓小偷"的热心群众的坏蛋——此人拼命反抗,争执中我还不小心扯坏了他外套拉链,他胸口的三颗红痣若隐若现——结果事情的发展急转直下:原来他是个外卖小哥,刚刚把电瓶车停在建行楼下,有人上来就把车给骑跑了。出于歉意,我和小哥互换了外套。

回到公寓楼下,在电梯门即将关闭上的那一刻,我伸手阻止了坐上将要出事的电梯的大爷大妈和那对双胞胎姐妹,告诉他们电梯升上去之后会坏在半空打不开。结果不仅没人相信我的话,我还被大爷大妈们臭骂一顿,说我是想加塞儿。

一口气爬楼梯到十二楼,我鼓起勇气敲开隔壁邻居的门,告诉他欺负小动物是不对的,吵到邻居和小朋友也是不好的。结果这邻居是个暴脾气的练家子,他马上毫不犹豫地用《搏击俱乐部》里拳拳到肉的打法把我揍得头破血流。

这都是时间循环惹出来的。

如果不被困在不停重复的十四小时里,我和他们不会有任何交集。

10
第89天

时间循环不是一般的诅咒,而是能赋予人超能力的囚笼——就好比金字塔是死气沉沉的坟墓还是令人惊叹的奇迹,全取决于你怎么看待它。

吕克·贝松的《超体》。

洪荒中以光速穿梭的露西从此消失,只留下那句"数十亿年前我们被赋予生命,现在你知道要用它来干什么吗"。

影片结束,灯光亮起。字幕裹挟着一个个人名,如流水从幕布上逆流而上。张姐已经操着家伙进来了,她瞅见我便问:"小李,你咋在这儿?你那朋友不是隔壁1号厅求婚来着吗?"

我问:"求成了吗?"

张姐扭头就走:"嗨,成什么啊,没成。他俩各走各的了。你这儿也挺干净的,我去别地儿看看去。"

陈果求婚这事算是扶不起来了。按照朋友之间的吸引力法则,我应该祝贺陈果喜提空巢青年身份,光荣地成为一名单身。

但别的事儿,琢磨琢磨,还是能有改进的。

俗话说,一回生,二回熟。

一边走路一边打电话给电梯维修公司,挂上电话,刚好走到建行楼下的煎饼馃子摊前,我先发制人,拦下蟊贼,还用《黑客帝国》里"子弹时间"的身姿躲过了他扔过来的花生米和生鸡蛋,为外卖小哥找回了电瓶车,在他问我"兄台怎么称呼"时微微一笑:"就叫我——煎、饼、侠吧。"然后我离去,留下一个深藏身与名的背影。

一路飞奔回公寓楼下,克服了心中对《闪灵》"电梯血潮"这可怕的一幕的恐惧,我在电梯门即将关闭上的那一刻,伸手阻止了坐上将要出事的电梯的大爷大妈和那对双胞胎姐妹。这时电梯公司维修员恰好赶到,一番检查,果然发现了问题。然后我离去,留下一个深藏身与名的背影。

一口气爬楼梯到十二楼,径直敲开隔壁邻居的门,夺下他手里用来打狗的皮带，对他说出张学友在《旺角卡门》里的那句："食屎啦你！"当然他会马上试图用《搏击俱乐部》里拳拳到肉的打法把我揍得头破血流，但他的一招一式我已经了然于心，应对自如，甚至还占了上风。他突然举起手喊："它叫什么？"我不明所以。他指指那条狗。狗脖子上挂着一块闪闪发光的名牌。我念出名牌上的字：Leon。这是《这个杀手不太冷》里那个法国杀手的名字。邻居说："回答正确，这狗归你了。"然后我带着Leon离去，留下一个深藏身与名的背影。

还真给陈果说对了。时间循环不是一般的诅咒，而是能赋予人超能力的囚笼——就好比金字塔是死气沉沉的坟墓还是令人惊叹的奇迹，全取决于你怎么看待它。我死水一般的生活似乎有了不一样的颜色。

可是这片亮色很快也消失于无尽的时间循环本身。

当这一天过去，等到我再次睁开眼时，还是在电影放映室里醒来的凌晨五点三十七分。

我做过的一切不复存在。

这座城市重新醒来，一如往常。

11
第100天

有人怀念着十年前在这里点燃的圣火，
有人操心着苟且在眼前的生活。

2018年8月8日这一天的北京，天气闷热，还下着雨。8月7号立秋了，北京被一场暴雨从里到外浇了个透。8月8号，夏天终于结束了。

从99天前开始，我的时间停留在夏天结束的这一天。

闲得发闷的时候，我也会从网页上搜寻这一天的新闻来打发时间。如果你去回顾2018年的8月8日，就会发现这一天整个地球上也没有发生什么大事。

一台名叫"帕克"的太阳探测器停靠在卡纳维拉尔角空军基地里，准备在三天后飞跃太阳的日冕层。一头二十岁的母鲸在加拿大不列颠哥伦比亚海湾掉队了，因为不愿意放弃它那已经死去多日的孩子。一群消防员从起火的大楼里救出了一条小狗和十五个男男女女。一个井盖掉了，因为下雨，水淹了路面，所以环卫工人没看清，三轮车前轮卡在了上头，骑车的大爷摔成了髋骨骨折。

而北京城呢，除了那个在大雨里消失的井盖之外，似乎一片太平。有人怀念着十年前在这里点燃的圣火，有人操心着苟且在眼前的生活。

对我来说，这一天只是个再寻常不过的日子，说不上太好，也不算太坏——要是我没有被面包车撞的话。但如果可以选择，我大概不会选择被关在这一天。2011年2月10号，如果可以的话，我想在这一天一直循环下去，直到世界尽头。

那天其实也说不上有多特别。

白天下了一点小雪。傍晚的时候，阳光照在屋檐的积雪上，雪发出棉被一样绒绒的光泽。我和陈果一人骑一辆单车，拐进了东四五条胡同。他的单车后座上绑着一捆白菜，我的单车后座上坐着林娅。

过了"好街坊美发店"，平时"老杨修车补胎"那地儿，修车的老杨头没有出现。一个敦厚微胖的中年人守在描着红漆的挑子旁，他时不时出现在这片，是个倒糖人儿的。从他身边经过时，林娅猛地一下子跳下车，一边揉着脚一边喊："嗨，嗨，李正泰！我要吃糖人！你给我转一条龙！"

我只好拿脚刹住车，扭头看着她。

陈果的两脚蹬得飞快，说了句"那我先回了啊"就消失在了胡同拐角。

我把单车停在墙根。林娅已经反身跑了几步，弯着腰站在挑子跟前，研究起转盘上的桃子、小鸡、蝴蝶、蜻蜓。

她满脸堆笑地问摊主："我先转一个试试成吗？"

中年男人点点头。

林娅从大衣衣兜里掏出手，哈口气，掌心相对搓了搓。接着，她迫不及待地伸出右手食指，猛地拨了一下竹篾做的转针。

转针呼呼地转了起来。

林娅皱着眉头俯视着转盘，眼神充满虔诚，嘴上却说："老板，这个不上算啊。"

转针逐渐失去力气，越来越慢，最后晃晃悠悠地停在了一只蝴蝶上。

"这个不算。"林娅说着，指了指我，"李正泰，你来。你给我转一条龙！"

我脱掉手套，走到她旁边，弯腰拨动了转针。

转针最后又停在了蝴蝶上。

中年男人麻溜地从铜锅里舀出一小勺糖稀,三两下就在泛黄的大理石板上画出了一只歪瓜裂枣的蝴蝶。他拿竹签粘上,递给林娅。

林娅不甘心地接过来。中年男人又对我竖起两根手指说:"两块。"

我伸手去掏裤兜的时候,林娅已经拿着蝴蝶,低头朝单车走去了。

我问:"老板,龙多少钱?"

"十块。"

我给了他十二块,从草垛子上取了一条现成的龙。这龙做得倒算得上精致,厚鳞厚甲,眼睛是额外用白色糖珠点的。

我追上林娅,把龙递给她。她笑了,接过来说:"他肯定在蝴蝶底下粘磁铁了。"

我戴上手套,跨上单车,她拿手扶着我的腰,坐了上去。

林娅一路都在叽叽喳喳地说话,我已经记不清她到底说了些什么。

我甚至已经记不清她的样子。

奇怪的是,我却清楚地记得她的手环抱在我腰上的重量,记得从我嘴里呼出的白气沿着脸颊飘走的形状,记得斜斜地照

进胡同里的黄昏的光。那光把一切都镀成了透亮的金色，好像那一刻的人、事、物，全部都裹了层薄而脆的糖稀。

没错，这天其实也说不上多特别。

2011年2月10号，辛卯年正月初八，小雪转晴。这是地球上普普通通，再寻常不过的一天。

但如果可以的话，我愿意付出一切代价，在这一天一直循环下去，直到世界尽头。

12

第101天

我的世界只有十四小时。

讽刺的是，我不仅和这个世界上的每个人一样，有的时间点永远回不去，比如2011年2月10号——更惨的是，有的时间点我永远到不了，比如2018年8月9号。

有句话怎么说来着？你若无其事迎来的今天，是有些人赴汤蹈火也到不了的明天。

我的世界只有十四小时，无限循环的十四小时。

手机铃声响了。它固执地响了一声又一声，直到戛然而止。

来自老妈，第十四个未接来电。

我掀开被子坐起来。空调外机滴水的声音格外刺耳——

布拉德·皮特在仓鼠笼子里奋力蹬着转轮。

阿尔帕·西诺在厨房地板上探头吃着青菜。

莱昂纳多——这是Leon现在的名字——仰起头哼唧了一声，又懒懒地趴回了被子里。

寂静的房间里，手机铃声再次响起。

我接起电话。

"嗯。刚在睡……

"哦，昨晚上夜班，手机关了。"

"啊？我看看！"

"我记着呢，日历上画了圈儿了，昨天不上夜班吗，给忘了。"

"好，好，你劝劝爸，让他别生气了……他要气坏了，卖保健品那强子倒乐了。"

"行，这周五回来……"

"都行。包饺子吧。"

8月7日，立秋，我爸生日。因为上夜班，我把这事忘了，也没接到电话。改约到了周五8月10日。

讲个悲伤的事你可不许笑啊。8月7日和8月10日，都是我永远到不了的时间点。

生活总能出其不意。有时候，陪父母吃一顿饭，不知不觉就从一种习惯，变成一句永远无法实现的诺言。

13
第102/103/104/105……天

我是时间之王

好在对于2018年8月8日的那十四个小时来说，我是时间之王。

我不知道上哪能买到井盖，所以在从"奶奶的熊"回家的路上买了四个路障，还顺带解救了快递小哥、电梯姐妹、邻居那只狗。然后我下楼，转了两趟公交，找到了新闻里说的那个没有盖的窨井。

虽然我从内心憎恶出门、买东西、坐公交这档子事,但只有我知道那个没有人会注意到的窨井的秘密——假如我不做点什么,就好像成了它的帮凶。

放好路障后我在旁边看了一会儿,路人纷纷绕开了窨井,直到环卫大爷也骑着三轮车绕开了它安全地离开,我才悄然离去,留下一个深藏身与名的背影。

这几乎是完美的一天了。偷电瓶车的贼被当场抓获,坐电梯的双胞胎姐妹没有被困住,邻居家的狗没有哀嚎,环卫大爷没有摔骨折——而我也第一次走出了几年来离家最远的距离。

可是第二天,当太阳照常升起,小偷会偷车,电梯会故障,Leon会挨揍,大爷会掉井里。

不管我做过什么,世界都没有变得更好。

这座城市,一共住着两千一百七十万人。

但是我却和他们不再有任何关系。

2018年8月8日,当世界重启,一切归零,没有人会记得这一天的我。

没有什么是我做不到的,因为我有的是时间。但我似乎又什么也做不了,因为我只拥有这一天。

14

王毛毛在铁皮垃圾桶的烟灰缸里按灭了一根烟屁。

烟灰缸里已经横七竖八地集了满满一缸烟屁了。

在马路对面，是和平电影院。电影院大门两侧的橱窗里贴着几张海报，《低俗小说》《月光宝盒》《阿飞正传》……

经过一段时间的蹲守，王毛毛已经基本锁定了目标人物。她曾跟着他走进那栋电梯楼，听到他的公寓里传出熟悉的狗叫声。

这时目标人物出现了，他从电影院里走出来，走过那排泛黄的海报，丝毫没有察觉到自己被盯梢了。

王毛毛默不作声地跟了上去。

目标进入一家商店，王毛毛也跟了进去。在一排排高耸的货架之间，她心怀叵测、屏息凝神地注意着对方的一举一动。

目标人物买了几个红黄相间的路障。王毛毛站在不远处的五金货架前，装作挑选摩托车反光镜，从镜子里偷偷盯着目标人物结账。

目标人物走出商店，来到公交站台。

王毛毛藏在树荫下。

公交车来了，目标人物拎着路障上了车。王毛毛在关门前的那一刻也跟着跳了上去。

她一路偷偷跟着他，看到他把路障放在一个没盖的窨井周围。然后又坐上公交车，原路返回。

他总是一个人，偷偷做一些不为人知的事。

这座城市里，没有人留意过他，除了王毛毛。

她跟着他去过很多地方。坐过公交，挤过地铁，去过几条胡同。

不知不觉，王毛毛过上了一种螳螂捕蝉、黄雀在后的生活。

她成了他的影子。

而他毫不知情。

15
第116/117/118/119天

就像预知了猎物所有动向的捕猎者那样，
我既忐忑不安，又胸有成竹。

2018年8月8日这一天还发生了一件小事，有人在东直门地铁站跳了下去，被进站列车卷到带电的铁轨上丧生。东直门离我住的东四十条只隔了一站地，我看了下时间，这人跳下去是早上七点二十，正是2号线早高峰。

平常这个时候，我正在"奶奶的熊"陪陈果打游戏。东直门跳轨事件一直都被我忽略了，因为它和电瓶车小偷、电梯故障、邻居的狗、没盖窨井处于互不相交的不同时间线。

地铁站的监控视频里，她站在站台上，像一个普通的上班族那样望着地铁进站的方向。当列车的车头灯照亮隧道深处，列车呼啸着进站的那一刻，她突然就纵身一跃。

她为什么会那样做，没有人知道。记者第一时间采访了死者远在外地的父母和朋友，他们说她北漂几年，事业顺心，乐观开朗，没有异常。

北京地铁2号线从1969年开始动工，是北京最后一条没有屏蔽门的地铁线路。近年来，宣武门、鼓楼大街和东直门这三站最受跳轨者的青睐。从去年开始，为了消除安全隐患，各个站点陆陆续续开始安装屏蔽门，以后不会再有人能突然从岛式站台啪唧一声跳到铁轨上去了。

很快有人把她的朋友圈截图上传到网上，她在这一天的凌晨发了一条消息：

如果再也不能见面，祝你们早安、午安、晚安。

配图是《楚门的世界》里的一张剧照：站在世界尽头那座阶梯上的楚门，正伸手触摸看起来是蓝天白云的围墙。

几个小时后，她死了。

连续三天，我都忍不住点开那段视频。

在那无声的一分钟里，她歪着头，等待着地铁进站。然后在一瞬间跳了下去，轻盈得有些决绝。

第四天，我去了东直门地铁站。

这样，我就错过了另一条任务线。一边是快递小哥、姐妹花、狗和老人这样亟需关爱的群体；一边是一个在新闻里被打了马赛克，长得可能像孔连顺亲妹妹的姑娘——在这样人性的拷问和选择面前，我的内心有过挣扎吗？

没有。在林娅之后，我对所有妞儿都脸盲了。胖瘦美丑，不都是世间众生本相？

早上七点的地铁站人头攒动，我被浓稠如一锅粥的人群推搡着向前，走下楼梯，行过陈旧低矮的甬道，进入有着八十年代风格的巨大圆柱的岛台。这种感觉很神奇，网上视频里记录下的一切，此刻都以一种无比真实的方式呈现在眼前——无数双鞋带进站台的泥水,滴雨的伞沿,令人躁动的热气;人群似乎是无声的,又似乎震耳欲聋。

我在往雍和宫方向的候车岛台找到了她的身影。

时间是七点零六分。

有一列地铁进站,人们一拥而入。

她站在原地没有动。

我看着她的背影,突然很想走过去和她说话。

她为什么想要从站台上跳下去?

有那么一瞬间,我意识到了自从走入地铁站就扑面而来的这种感觉真正的神奇之处——时间循环赋予我与别人所不同的地方,是我可以回到被别人称之为"昨天"的那个时刻。

我现在就在她的"昨天"。

如果昨天可以重来,她还会选择从站台上跳下去吗?

时针指向七点十分。

不停有列车进站,不停有人走进那钢铁巨兽的肚子,然后任由它呼啸着把自己带向这座城市的四面八方。

七点十七分。

七点十八分。

七点十九分。

她开始歪过头,朝着列车进站的方向张望。我的手心微微有些出汗。我走向她,站在她的身后。

就像预知了猎物所有动向的捕猎者那样,我既忐忑不安,又胸有成竹。

对,就是此时、此地、此刻。

就在她跳下去之前的那一刹那,我从身后环抱住了她的腰。

刺目的光亮从隧道中由远及近地照射出来,呼啸的钢铁巨兽减慢了速度,停靠在了站台边。拥挤的人群中,有位热心大妈用中气十足的声音喊道:"臭流氓!抓臭流氓嘞!"

等我反应过来发生了什么的时候,已经被人群团团围住。

"小伙子,你这也太过分了吧?"

"甭跟他废话,报警!"

"活久见,地铁站抱姑娘了嘿!"

"真是林子大了什么鸟都有……"

在围观群众的坚持下,我被送进了东直门派出所。

众口铄金,派出所民警根本不听我的解释,苦口婆心对我进行了一番教育。

我百口莫辩:"不是,您听我说,今天真有一姑娘要跳铁轨,得亏我给拦住了。不信……不信您搜一下新闻?记者还采访了她亲戚朋友什么的。"

这时手机响了。我瞟了一眼屏幕，来自老妈。民警抬头看了我一眼，我赶紧挂断，改成振动。

"压根就没这新闻。况且，你都抱了人家了，人家也跳不了铁轨了。"

"咦，警察同志，你说的好像很有道理！"

最后，因为只有目击群众，没有找到受害人，我被民警教育到下午六点。民警下班了，我也从派出所出来了。

走出派出大门，手机又在兜里振动起来。一看，还是来自老妈，已经错过十四个电话。

"正泰，你……没事吧？"

"嗯。刚在睡……"

"怎么老打不通你电话？"

"哦，昨晚上夜班，手机关机了。"

"昨天不是说好了在家吃饭的吗，你爸过生日。"

"啊？我看看！"

"你这孩子不长记性，怎么把你爸生日都忘了。"

"我记着呢，日历上画了圈儿了，昨天不上夜班吗，给忘了。"

"一直打不通你电话,汤都凉了,回锅热了好几回。最后你爸气得饭也不吃了。"

"好,好,你劝劝爸,让他别生气了……他要气坏了,卖保健品那强子倒乐了。"

"那你这周五不上夜班了吧?能回来吃饭?"

"行,这周五回来。"

"想吃什么?我给你做。"

"都行。包饺子吧。"

好几次,"我今儿就回来吃饭吧"已经滑到了嘴边,可是,我不想因为自己会在七点三十七分"噗"一声消失而吓坏二老。

挂上电话,我抬起头,看着天桥上行色匆匆的人影,他们在巨大而清晰的桥身上,一个个都显得模糊不清。

我突然有些筋疲力尽。

在日复一日的时间循环里,我已经习惯了这种拥有无限时间的错觉。现在却不得不面对一个无可辩驳的事实:过去说过的话,做过的事,再也无法更改。想要弥补,却已经没有时间了。

16
第131天

我看了一百三十一场同样的大雨

从今天起,我决定放弃抵抗,回到原来的生活轨迹。

我足不出户,手机静音,每天混吃等死,不关心粮食、蔬菜、季节、刮风还是下雨,不关心任何人。

我在这座时间的监狱里修身养性、万念俱灰,而我周遭的一切却——每一天都是新的。

在这座城市,我看了一百三十一场同样的大雨。而对其他任何一个人来说,这只是夏天结束之后的第一场雨。

我已经厌倦了看雨。在这循环往复的十四个小时的永生之狱里,我唯一想看的,是那个雪天的雪。傍晚的时候,阳光照在屋檐的积雪上,雪发出棉被一样绒绒的光泽。

要说还有什么是值得庆幸的,那就是每一天的开始,我都在电影放映室里醒来。

哦，对了，说到这个，我好像记错了。灯塔管理员那句话不是郭德纲说的，而是那个说"时间只是人体记忆中的错觉，时间根本就不存在"的爱因斯坦说的。

17
第132天

对于一成不变的2018年8月8日来说，
她是一个闯入者。
这可能是一件好事，也可能是一件坏事。

也许是时间循环带来的错觉，我总觉得自己身后有一个影子。

在从超市的货架上拿薯片的时候，在人潮汹涌的地铁通道走路的时候，在独立一人坐着发呆的时候，在滴雨的公交站台等车的时候……

可是当我回头四顾，身后却空无一人。生活就这样继续着。

今天有些不一样。

我刚从放映室里睁开眼,1号厅观众席的门就被砰一声推开了,一个人影窜了进来,三步并作两步来到第9排,指着10排1座歇斯底里地尖叫:"陈果!你这个王八蛋!"

等我从放映室跑进1号厅观众席的时候,正好撞见那个人影抬手给了陈果一记耳光。

走近了才看清,这人身上穿一"谱"字儿,是陈果的女朋友本尊没错了。

那坐在陈果旁边看电影的是谁?

"你谁啊?"陈果女朋友怒气冲冲地问。

"哎,对,你谁啊?"陈果捂着脸,表情和身上的"靠"字儿交相辉映。

"你谁啊?"陈果身边坐着的人一开口,居然是个清秀姑娘,只是短发藏在卫衣的兜帽里,胸部也没怎么发育,所以一眼望去没多少女性特征。

他们仨你看看我,我看看你。

"你给我走!"陈果女朋友吼。陈果在一旁无辜又忧愁地赔着笑脸。

"凭什么让我走呀?"那姑娘慢悠悠从屁股兜里掏出一张电影票,"1号厅10排2座,没错呀。"

这时候他们三个齐刷刷地看向我。姑娘伸手把票递过来，我接过票，打开随身携带的手电筒照了照，说："这张票确实是1号厅10排2座。"

陈果和他女朋友瞪大眼睛盯着我。

"可是，"我把票还给那姑娘，"这是昨天的票。"

"这样啊？"她好像并不吃惊，把票又揣回了屁股兜，"那对不住了啊。你们继续。"

她在众目睽睽之下一级一级地蹬蹬蹬跳下了楼梯，朝影厅大门走去。

陈果的女朋友还想发作，这时陈果一把拉住了她，单膝跪地说："媳妇儿，跟你商量个事儿成吗？"

我知道陈果接下来要说什么。可是，他原本应该在电影结束，凌晨六点的时候说这句话和接下来的话。

今天刚开始五分钟，一切却都已经乱套了。

也许问题出在刚才那姑娘身上？

我脑子里突然灵光一闪，追了出去。

转过影厅楼梯拐角，她的背影正急速消失在猩红的甬道里。

"喂！"我加快脚步跟了上去。

她也加快了脚步。

我跑了起来。

她也跑了起来。

我跑出放映室，撞上张姐，她问："小李啊，你没事儿吧？"

我环顾四周，已经不见她的踪迹。我问张姐："刚才出来一姑娘，您看见她上哪儿去了吗？"

张姐指指安全通道："我看见她进了楼梯间。"

通往安全通道楼梯间的那道厚重的大门像一张翕张着的嘴唇，微微来回摆动着。我快步追去，几乎是用身体的重量和奔跑的惯性撞开了大门。

"喂！"我一路跟着她的身影沿楼梯往下跑去。

很快，我追上了她。

我们两个气喘吁吁地站在昏暗的应急楼道里，她不再跑了，我也不再追了。

"电影院你家开的啊？"她弯着腰，喘着气，背抵在墙上说，"查个票都使上吃奶的劲了。"

我朝她走过去。

楼道顶上的灯光从我背后射出，在我身前投下一道又黑又长的影子。这道影子慢慢漫过地面，沿着墙壁升起，然后漫过了她的脚踝、小腿、大腿、平坦如我的胸部，停留在脖颈上。

在那之上,她的脸白得发光。

对于一成不变的2018年8月8日来说,她是一个闯入者。这可能是一件好事,也可能是一件坏事。

要搞清楚她的出现对时间循环有什么影响,对我来说到底是好事还是坏事,我必须亲自向她提出古往今来哲学家们一直都在问的那三个经典问题:

你是谁?

你从哪里来?

要到哪里去?

可还没来得及开口,我突然感到下体传来的一阵剧痛。

她居然……顶了我一膝盖?!然后推开安全通道的门,头也不回地跑掉了?!

昏暗的楼道里,只剩下我一个人,以一种奇怪的姿势站立着。我的影子弓着腰,呆在墙上。

有时候,时间重启并不是什么坏事。不管这一天发生了什么,你都可以从头来过。

看了下表,才刚凌晨七点二十。

何以解忧,唯有晚上七点三十七。

18
第133天

她朝我走了过来,并且说出了一句让我差点当场晕厥的话。

"李正泰!李正泰!李正泰顾客请注意!您的朋友在商场二楼出口处等您!"

芬兰哥们儿从爱克托沙发上坐了起来。他面无表情,望着自己前后左右的顾客熙熙攘攘,有如过江之鲫打他身边游过。

如果你一点不知道他的故事,那么他此刻的表情在你看来就会显得毫无意义。

而我知道隐藏在他眼中的那一丝心满意足,就好像猴面包树下的泥洞里刚睡醒的一只狐獴——它钻出洞穴四下张望,发现自己不再惧怕草原上成群结队的羚牛和斑马了。

"你好。请问可以帮我一个忙吗?"不出所料,芬兰哥们儿从茫茫人海里选中了我,径直走了过来。

他拿出一个笔记本,翻开其中一页说:"我在完成一个愿望清单,其中一项是在北京和50个中国人说话。"

我瞟了一眼他的清单,原本写的是"100",然后被叉掉了,变成"50"。哥们儿仍需鼓励啊。

"你是第二十三个。我们可以聊聊吗?"

通常,我不是很愿意搭理陌生人。但是这有什么关系呢?我已经听他讲述自己的故事很多遍了。

我点点头。

芬兰哥们儿开始自我介绍:"我叫Jarno,中文名字是张佳诺,我曾在赫尔辛基大学学习了四年汉语……"

我在心里默念出他嘴里说的每一个字。如同陈果的求婚誓言,这哥们儿的革命家史我也一样能倒背如流。

我看着他的眼睛。

不,他还不认识我。

即使我听过他亲口讲述自己的故事无数次,可是当时间重启,他还是像第一次见到我一样。

突然,我看到了那只蝴蝶。

是的,那只不知道从哪里冒出来的,也说不清是什么颜色的蝴蝶。它缓慢地振动翅膀,擦着芬兰哥们儿的头顶朝不远的地方飞去。循着它的飞行轨迹，我看到了难以置信的一幕——在一台黑色的汉尼斯书柜和一架勒纳普落地阅读灯之间，站着昨天出现在电影院的那姑娘！一定是她！

在不断重启的8月8号这一天里，她看起来真是来去自如得有些过分。

我拍拍芬兰哥们儿的肩，绕过他喋喋不休的脸，朝那姑娘走去。

这一次我走得尽量沉着稳重。光天化日、众目睽睽，应该不会再让她误会我了吧。

我走到离她两米远的地方，上次疼痛的肌肉记忆让我情不自禁地停住了脚步。

她放下手里的提斯沙漏，回过头来，我们正好四目相对。

蝴蝶停在了沙漏上。

在这样的时刻，空气中回荡着的背景音乐竟然是——

"王毛毛！王毛毛！王毛毛顾客请注意！您的朋友在宜家餐厅入口处等您！"

我赶紧扭头看向了一边，可是她却朝我走了过来。

并且说出了一句让我差点当场晕厥的话："昨天那事儿，对，对不起啊。"

19
第134天

现在可能已经产生了134个不同的 2018年8月9日。

我就这样认识了王毛毛。

我们同病相怜,她也是一个被困在时间循环里的人。我们的症状和病程发展也很相似,一开始是震惊,接着是不相信,然后就各种挥金如土、展示神迹、尊老爱幼、劫富济贫……但最后,她也和我一样,从神挡杀神到万念俱灰。

王毛毛说她一直在寻找同类,至今只找到我一个。她说也许这个世界上的每一天都是一座时间的监狱,每一座监狱里都关押着时间的囚徒。

那我们不是病友,是狱友了。

随即王毛毛向我提出了一个大胆的建议:越狱。

这种想法基于她的几点观察:

第一，虽然我们可以在2018年8月8日这一天做任何事——甚至是受伤或者死亡——但都不会影响到这一天及之前已经发生的事。远的，比如1519年9月20日，葡萄牙人麦哲伦带领船队，出发环游世界；近的，比如2018年1月17日天线宝宝"丁丁"的扮演者西蒙去世。发生过的事情已经永远发生了，我们无法改变。

第二，我们在这一天做的事会影响到2018年8月9日以及未来吗？有可能。我们做出不同的行动，会产生不同的结果，这些结果就像吹泡泡一样，每一个泡泡就是一个时间线上的新世界。也就是说，现在可能已经产生了134个不同的2018年8月9日。但这样的多重宇宙对我们来说暂时还没有意义，因为我们自己还到不了"明天"。而一旦越狱成功，一个明确的"未来"就有了意义。

第三，越狱有可行性吗？当然。对于别人来说，时间只售卖单程票。而对于我们来说，时间是地铁2号线，环状闭合。我们必须得找到一个换乘站点，重新回到单向行驶的地铁1号线上，才能回归正常的生活。

我问王毛毛她这些乱七八糟的结论都是从哪儿来的，她一本正经地说是经过"高人"指点。

"明天你谁也别见，手机也别开，带上一把最大最大的伞，到动物园来找我。"王毛毛神秘地说。

她一边说话,一边深深地吸了一口烟屁,吐出一股烟圈。

我拿手扇了扇烟雾:"你成年了吗?还抽烟。"

她对此不置可否。

她的身体看起来很单薄,瘦削的肩膀上支着一张棱角分明的脸。一个六年级的小学生都比她发育得要好。

王毛毛问:"去不去?"

我说:"不。"

王毛毛又吐了一口烟圈,掐掉了烟屁,斩钉截铁地说:"下午五点,长颈鹿馆,不见不散。"

20
第135天

这一瞬间,我好像突然又具备了掌控时间的能力。

凌晨五点三十七一到,我毫无悬念地在电影放映室里醒了过来。

我站起来。透过放映室的观察孔，我能看到10排座椅靠背上冒出来的两个脑袋。

二十三分钟后，陈果将迎来他人生的致命一击。

我坐在放映机前，看着映照在石英钟面上的自己的影子。一直以来，我就像不停地把巨石推上高山，然后看着巨石又滚落到山脚的西西弗斯一样。

我所做的一切，对这个世界毫无意义。

这时，我脑海里跳出两个跟王毛毛长得一模一样的小人儿，一个有着天使光环，一个长着恶魔尾巴。

恶魔尾巴的王毛毛小人儿露出寒光闪闪的虎牙说："你看，循环往复的荒谬人生是多么痛苦呀。难道你就不想做出一点改变？"

天使光环的王毛毛小人儿扑棱着翅膀在一旁帮腔道："下午五点，长颈鹿馆，不见不散。"

我看着石英钟，夜光的指针嘀嗒走动。

指针走了一圈，又一圈。

我摸出手机，滑动了关机键，然后站起身，为10排1座的哥们儿默哀了三秒，走出了放映室。

走在猩红的甬道里，我总觉得身后跟着什么人。可是当我

回头，地毯上只有我被灯光拉得长长的影子，走道里空无一人。

凌晨的北京街头，行人寥寥，偶尔有汽车从路上驶过。我一路走着，不知不觉走到了东四五条胡同。

胡同里家家户户熄着灯，没有半点声响。

我依次走过林娅家、陈果家，最后来到了我父母家门口。

我站在院墙外倾听着里面的动静，却只听到马路上驶过的车辆声。

也不知道这样站了多久，晨曦中，胡同渐渐活络过来。院子里的人拉开灯，起了床，开始准备早饭。我听着他们咳嗽，交谈。好几次，我差点就走进去，和他们一起喝喝豆汁，吃吃油条，迎来新的一天。

然而最后我还是悄无声息地走掉了。

我一路走回家，倒头就睡。

醒来已经是下午四点了。

今天，我决定要做一件以前从来没有做过的事：去动物园见王毛毛。

从东四十条地铁站坐到西直门，接着转4号线大兴线，只消再坐一站地就能抵达动物园。像往常一样，一路上总觉得有双眼睛一直在盯着我。可是当我四下张望，却只看到一张张陌生而疲惫的脸。

途中，在东直门站停靠时，我突然意识到这就是那个姑娘跳下去的站台。是我曾经来过，试图改变这件事的那个站台。

鬼使神差地，我在这一站下了车。站台上人流汹涌，灯光雪亮，我却莫名感到如芒在背。那种被人盯着的感觉如此强烈，我茫然四顾，不知道自己想要在人群中寻找什么。

8月8号循环往复，就在今天早上的七点二十分，她应该已经又跳下去一次了。城市像一座庞大而精密的机器，齿轮咬合了血肉。据新闻里的说法，跳轨事件只让2号线暂停了15分钟，又马上继续"正常运行"了。

如果再也不能见面，祝你们早安、午安、晚安。

这姑娘大概率是一个温柔又喜欢电影的人吧。但她为什么会选择离开这个世界，再也没有人能知道了。又一列地铁抵达，我跟着人群，走进它冷气十足的躯壳。站在晃动的地铁车厢里，我努力想把在东直门地铁站体会到的那股说不清道不明的感觉从脑海中甩掉。

按照王毛毛的嘱咐，我带上了一把长柄雨伞。但是走出动物园站之后我发现这边的雨很小，根本犯不着打伞。

记得上一次来这儿时，我还穿着开裆裤。时间真是奇妙的东西，它从来没有改变过速度，但在人们嘴里，它却不是太快，就是太慢。

我从入园处拿了一张地图，进了动物园大门朝左走，过了熊猫馆右拐，经过鸣禽馆、犀牛馆，空气里渐渐飘来一阵阵食草动物的粪臭味儿。数着羚羊、麋鹿、斑马、野驴、骆驼、牦牛……就来到了长颈鹿馆。

我一眼就看到了王毛毛。她今天穿了条翠绿色的裙子，裙子上有细碎的樱桃图案。她还戴了耳环，也是红红的樱桃。她没有打伞。

我走到她身边，和她并肩站着。

她像个接头的女特务似的，双眼盯着长颈鹿，看也不看我地说："你迟到了两分钟。"

我扭头看着她："你别说，耳朵上挂两个车厘子，还蛮好看的。"

她扑哧一声笑了出来。

王毛毛又抬手看了看表，这才终于转过来面朝我说："还有一小时就闭园了。"

我正在琢磨她的葫芦里到底卖的什么药，她突然又说："时间还来得及。我们去坐摩天轮吧！"

动物园里有一个规模不大的游乐园，几乎就是我记忆中的样子。人们往往都说记忆会褪色，这个游乐园的设施就像记忆一样纷纷褪色了。王毛毛一看到那个比路灯高不了多少的"摩天轮"就兴奋地大叫起来，为了不扫她的兴，我只好买了两张摩天轮的票。

我已经很久没有和人一起挤在这么狭小的空间里过了。挂在摩天轮上的小箱子逼仄得让人难受，王毛毛却兴致很高。

当小箱子在细雨中轻轻晃悠着升到最高处，透过郁郁葱葱的树冠，王毛毛发现了一柄大油伞下，藏着个倒糖人儿的小摊子。她把那个小摊子指给我看："嗨，嗨，李正泰！我要吃糖人！你给我转一龙！"

我怔住了。

这一瞬间，我好像突然又具备了掌控时间的能力。我重新回到了过去的某个时刻，在北京动物园淅淅沥沥、晃晃悠悠的五米高空，我却感觉自己两脚着地，架着单车，在一个下雪的冬日里扭头望着那个跟我说话的人——林娅。

摩天轮吱吱呀呀地转了两圈就停下来了，时间才过了三分钟。

从摩天轮上下来时，恍若隔世。

王毛毛拉着我去找她在空中发现的转糖人摊子。找到之后，大概是看我一直发呆，她亲自拨了转针。好像是使了很大的力气，转针一直转啊转啊……

最后停在了蝴蝶上。

做糖人的妇女颧骨上有着两团红，背后还拴着一个襁褓。她麻溜地从铜锅里舀出一小勺糖稀，三两下就在白色大理石板上画出了一只歪瓜裂枣的蝴蝶，然后拿竹签粘上，递给王毛毛。

王毛毛不甘心地接过来，悄悄对我说："她肯定在蝴蝶底下粘磁铁了。"

妇女对我竖起两根手指："二十。"

我给了钱，王毛毛已经拿着蝴蝶走远了。

我心里对她涌起一股莫名的感激。我差一点就不会来了，那我就会毫不知情地错过这一切。而现在，仿佛是意识宇宙或者哪位命运之神许以的褒奖，那个把一切人、事、物裹上一层薄而脆的糖稀的黄昏又回来了。

接着王毛毛又要求玩碰碰车、旋转木马和过山车。

等她把这些都玩了个遍之后，动物园里的游客越来越少了，提醒游客出园的广播响起，闭园的时间快到了。

心满意足的王毛毛说："跟我来。"

就这样我被她领到了爬行动物馆。爬行动物馆里已经没有游客了,她看了看贴在门后的值日表,自信满满地说:"他们已经检查过这儿啦。现在动物园在清理游客,一会儿所有的门都会上锁。"

"那我们难道不该尽快出去?"

她没有解释,而是带着我在各个展馆之间东躲西藏。终于,夜幕降临,动物园呈现出了另一番模样:这里已经没有了游人的踪迹,只剩下动物的吼叫声在沉沉的暮色里遥相呼应。

我们走到鹿苑背后的一处山丘,坐在了一片柔软而湿润的空地上。

细雨已经停了。

暑气消退后,鹿粪的味道混合着雨水和青草气味,弥漫在空气中。

如果不被打断,我们可能要这样一直坐到时间的尽头。

晚上七点三十五。

我们就坐在时间的尽头。

"现在呢?"我问。

王毛毛低头看了看表,然后侧过脸冲我眯起狐狸一样的眼睛一笑:"等。"

晚上七点三十六。

王毛毛从地上腾地站了起来，向天空伸出双手，仿佛在接住某种我看不见的东西。

"等什么？"

她仰起头，高高举起手臂，闭着眼睛说："等这个。"

晚上七点三十七。

她话音一落，天空突然下起瓢泼大雨。

雨水落在王毛毛仰起的脸和手上，原来刚才她伸出双手是要接住噼里啪啦砸下来的雨滴。我撑开伞——如她所说，"最大最大的伞"——这样我们两个都不至于淋雨了。

不知道从哪儿冒出来的三三两两的游客，开始朝着各个方向快步走开。

动物园里又响起提醒游客出园的广播。

"一会儿就要闭园了。"她说。

我不明所以地看着她。

她皱着眉头，用一种看白痴的眼神看着我，然后耸耸肩，露出一个狡黠的微笑。

21
第136天/王毛毛时间

青草上的夜露，透过云层洒下的月光，空气里的味道，
还有眼前的姑娘——在月光下，在草地上，
在食草动物的粪便气味中跳舞的，
长着雀斑又平胸的姑娘——都是那么不真实。

在被时间囚禁的第一百三十六天，我第一次，不是在电影放映室醒来。

晚上七点三十七分已经过去了，我还在这里，在一片线条圆润的山丘上，在暑气和大雨里，脚下踩着细密的青草。

这就是王毛毛想要告诉我的秘密。

现在是2018年8月7日晚上五点二十，是"王毛毛时间"。她总是在这个时间开始进入重置，而她进入时间循环的地点，就是北京动物园。

同样作为时间的囚徒，我的坐标随着她一起重启了。对于王毛毛和我来说，只要我们在空间上"在一起"，那么我们就能获得对方的"时间"。

难怪之前我总觉得被人盯梢了。原来一直尾随我的那个人是她。她偷偷跟着我，所以获得了我的时间。而我因为和她在一起，所以也不再是从8月8号的凌晨五点三十七、电影放映室这个坐标重置了，而是从她的8月7号晚上五点二十、北京动物园这个坐标开始重置。

从现在开始，只要我们不分开，那我的每一天都不再只有十四小时，而是二十六小时又十七分钟。

一开始，我以为这是她精心设计的恶作剧——像王毛毛这种不按常理出牌的人，真要是干出这种恶作剧也不足为奇——但很快，随着动物园再次闭园，四周又变得空无一人，只剩下暴雨、雷鸣和鸟类的鸣叫。这一切让我不得不相信她的话。

幸好王毛毛让我带了伞——不过据她解释，她自己在8月7号那天没有带伞。所以每一次重置，她一睁眼就是下着雷阵雨的动物园。

我们打着伞在大风大雨中一路踯躅，到了喂养鹳鸟和火烈鸟的池塘边，躲进了一座水泥造的小亭子里。

雨滴像一只只迷你的鱼鹰一样，奋不顾身、前仆后继地扎进池塘，激起一圈圈涟漪。时间是否也是这样的一种东西？它是雨滴，是池塘，又是涟漪本身。无数人在这个世界上出生、相遇、死亡。每个人的轨迹以一个点为圆心，扩散着，交错着，然后随着时间，消失在有限的一生之中。

浅岸上，深红色和粉红色的火烈鸟一会儿呼啦啦走到东，一会儿呼啦啦走到西。不时还有雷从那些年老的树木、硕大浓密的树冠上滚过。

王毛毛一直在低头玩手机。我瞟了一眼，看到她在和一个备注为"关老师"的联系人聊天。

"我想在这待会儿。"我把伞递给王毛毛，示意她可以先走。

自从时间循环以来，我还没有经历过黑夜。我想待在这里，看看夜晚是不是真的会降临。

王毛毛没有接过伞，而是收起手机，掏出两个耳机，一边一个，塞进自己的耳朵。她的头发和裙子被暴雨淋透了，根本分不清从她发梢和裙角滴落的雨滴哪些来自她所经历的第一个 8 月 7 号，而哪些来自第一百三十六个 8 月 7 号。

"你听过三只蝴蝶的故事吗？"王毛毛提高嗓门大声喊——不知道是因为戴着耳机，还是因为下着暴雨。

"有一只黄蝴蝶，一只蓝蝴蝶，一只红蝴蝶，它们仨是好朋友。有一天,它们正在花园里玩儿,突然飘来一朵乌云,下起了暴雨。花园里正好有三朵花,一朵黄花,一朵蓝花,一朵红花。三只蝴蝶想到花里躲雨……"

这故事有些年头了吧。我第一次听到它,差不多是在上个世纪,还穿着开裆裤的年纪。

"黄色的花,黄色的花,可以让我们进去躲雨吗?——不可以,我只能让黄蝴蝶进来躲雨。

"蓝色的花,蓝色的花,可以让我们进去躲雨吗?——不可以,我只能让蓝蝴蝶进来躲雨。

"红色的花,红色的花,可以让我们进去躲雨吗?——不可以,我只能让红蝴蝶进来躲雨。

"三只蝴蝶谁也不愿意单独躲雨。暴雨打湿了它们的翅膀。"

王毛毛说着,侧过头看着我:"你说,它们仨是不是傻?"

我点点头。

她深深吐出一口气,笑了笑。

滴雨的屋檐下,我们就这样并肩站着。

一个被困在夜晚,一个被困在白天,两个时间的囚徒。

雷声渐渐熄灭在树梢。

雨小了。

乌云落进了眼前的池塘，月亮现身在夜空。

我走出亭子，站在湖边的青草地上。这是一百三十六天以来，我第一次看到月亮——之前身陷时间的囹圄时，我竟然从来没有留意过月亮这种东西已经从我的生活里彻底消失了。

"你会跳扭扭舞吗？"王毛毛在我身后问。

我知道扭扭舞，《低俗小说》里乌玛·瑟曼和约翰·特拉沃塔跳过这种舞。

"不会。"我说。

"我可以教你。"她说着，走到我面前，扯下她右耳的耳机，塞到我的左耳。

"不跳。"我说。

音乐响起，节拍像电流一样穿过我的耳朵，震得我右脸发麻。她自顾自地跳了起来。

天不知不觉黑尽了。

月光照着她的脸，她闭着眼。王毛毛的皮肤太白了，她的鼻翼两边布满了雀斑，像脸颊上趴着一只灰色的蛾子。

我从来没有想过有生之年会经历这样一幕：我站在北京动物园的湖畔，看一个才认识了不知道该说几小时还是几天的姑娘在震耳欲聋的鼓点中，伴着远远近近的狼嚎跳扭扭舞。

青草上的夜露，透过云层洒下的月光，空气里的味道，还有眼前的姑娘——在月光下，在草地上，在食草动物的粪便气味中跳舞的，长着雀斑又平胸的姑娘——都是那么不真实。

空寂的发红的苍穹下，动物的嗥叫声此起彼伏。那些夜行困兽靠嗥叫来让自己与月亮相连——从它们身体振动发出的声音的波浪，由这个动物园一圈一圈向宇宙深处荡漾开去。

王毛毛睁开双眼。她的眼睛像某种小小的野兽，在猩红的夜空下闪闪发光。

她用这闪闪发光的眼睛看着我。

我也跟着王毛毛的步伐扭了起来。

王毛毛举起一只手臂，伸出食指，指向夜空，闭着眼睛尖叫："嗷呜——"

"嗷呜——"我也对着夜空嗥叫。

我突然想起了那个在宜家商场里逮着中国人聊天的芬兰哥们儿。在北极圈漫长黑暗的冬夜，几十天见不到一丝阳光；而在五月底到七月中旬的极昼里，太阳永不坠落。在极昼和极夜的日子，即使矜持如芬兰人，也常常禁不住狼嚎两嗓子。

就像此时此刻的王毛毛和我。

我们的声音会像那些原始而清澈的嗥叫一样，在这个湿润、闷热、奇异的夜晚，荡漾到宇宙深处去吗？

我低头看着王毛毛。

这感觉真是奇怪，因为被困在时间囚笼的一百三十多天以来，我一直觉得自己是这个世界上最不自由的人。

而现在，在月光下，在草地上，我们是方圆百里最自由的两具血肉之躯。

王毛毛突然停下脚步，把两枚耳机收进了口袋。

鼓点和节拍消失了，夜风包围了我们。

她踮起脚尖，把脸轻轻地凑到我脸前。

我坐怀不乱地看着她，心里却搞不清楚她这算不算在暗示什么？

事实证明我想多了。

"走，"她说，"我带你去见一个人。"

王毛毛说的这个人，就是她之前提到过的那位"幕后高人"。我跟着她从动物园出来，趁着夜色打车到了雍和宫旁的官书院胡同。

进了胡同，黑灯瞎火地走了一段路之后，前面出现一盏昏黄的路灯。路灯下蚊虫飞舞，三三两两坐着些摇扇子的闲人。走近了，才看清靠墙竖着的一块纸板上龙飞凤舞地写着：

> 名老中医独家研制
>
> 孩子不打针不吃药
>
> 依托量子纠缠理论
>
> 直系亲属针灸即可

我正看得瞠目结舌,这时又发现旁边的路灯杆上贴着一张告示:

> 看相算命
>
> 皆是骗人
>
> 切勿上当
>
> 街道办宣

一穿汗衫的大爷坐在这块"切勿上当"的牌子底下,招呼道:"美女,看不看相?算不算命?"

王毛毛正笑眯眯欲答,我赶紧说:"大爷,咱识字儿。"

这时有个小伙子站起来,收了屁股下的马扎,朝我们挥挥手。王毛毛回头给我使了个眼色,迎了上去。

"这位是关老师,"王毛毛礼貌地介绍道,接着又用肩膀指了指我,"关老师,这是我在微信上给您说过的那个谁,李正泰。"

我拉起她的胳膊就往回走。

"哎哎哎,你干吗呢?"王毛毛不依不饶。

"这种骗子扎堆的地方你也信有高人?"我压低声音说,"就刚才那个看相算命的大爷,还有这大半夜坐胡同里不搁屋的资深空巢男青年……"

王毛毛拽住我的手腕,挤出十二分的真诚说:"最危险的地方就是最安全的地方,最可疑的地方才最可信。他值不值得信,聊聊你就知道了。"

看着她执迷不悟的样子,我气不打一处来。

我指指路灯杆上的告示:"你以为那是谁贴的?八成就是那大爷。为的就是初筛一遍目标客户——比如你……"

"兄台!请留步!"那位"关老师"三步并作两步追了上来,"兄台,怎么称呼?"

我回过头,在路灯光下,这才看清——他居然是我在8月8号早上会遇到的外卖小哥!

"关老师是吧?"我问,"研究什么来着?"

"小弟不才,专业方向是场论与宇宙学。超弦理论和M理论是鄙人深感兴趣的领域。"

"那你还学人算命？要不我给您算算？"

王毛毛用胳膊肘撞了一下我："别闹。"

"关老师，"我说，"你的命，黄袍加身，每天鸡鸭鱼肉相伴。我说得对不对？"

他先是一怔，接着沉默了。

王毛毛看得目瞪口呆。

"宇宙的终极秘密就藏在你胸口的三颗痣里。我说得对不对？"

他点点头，接着脸上的表情瞬息万变——震惊、痴迷、疯狂、热切、怀疑——旋即双手护胸："兄台怎会知道我胸口有三颗痣？"

王毛毛说："深藏不露啊？李正泰，没看出来原来你才是高人。"

"别听他瞎扯了，他正经事儿就是送外卖的，走吧。"我拽紧王毛毛的胳膊，拉着她朝胡同口走去。

"此言差矣。"身后，外卖小哥一字一顿地说，"鄙人正经事儿是理论物理研究，送外卖只是科研之余的一项消遣。"

我拽着王毛毛头也不回地继续朝前走。

身后传来外卖小哥那尖细的男声："在下听闻王姑娘说，二位在找'换乘点'？"

我站住了，王毛毛在一旁歪着脑袋，屏息凝神、察言观色。

我转过身，走回他面前："这事有解？"

外卖小哥点点头："可以一试。"

"你真相信有时间循环这回事？"我问。

外卖小哥一脸虔诚："时间循环的存在，在数学上已经被证实了。虽然在物理上还没有被证明，但这只是时间问题——这么说有点绕。"他说，"在下的意思是，这个时间问题迟早……"

"有办法找到换乘点吗？"我看着他，权衡着要不要相信一回民科，死马当活马医。

他拿右手中指推了推鼻梁上的眼镜架："理论上来讲，鄙人能计算出你们所要经历的时间重启的次数。"

"这么说我们能知道什么时候可以越狱成功了？"王毛毛高兴得跳了起来，伸出两只纤细的胳膊，像只猴子似的整个人挂在我脖子上。

我正费力地把她从我身上摘下来，外卖小哥神不知鬼不觉地飘到我俩耳边，轻声道："冒昧问一下，要是鄙人猜得没错的话，二位都是已经死过一次的人了吧？"

22
第136天/李正泰时间

"我活了二十多年，你突然告诉我，昨天、今天、明天的我不是同一个人？"

我确实是已经死过一次的人了。但王毛毛是不是，我不知道。她没有向我提起过之前的事，比如，她为什么会有8月7号的电影票，还有她为什么会去下着大雨的动物园，又是怎么从茫茫人海中发现我的真实身份的。

在我们跟着外卖小哥走去他住处的路上，一个又一个的疑问塞满了我的大脑。而王毛毛却对此缄口不语。

外卖小哥和一伙人租住在一个大杂院儿里。院儿里断水断电，院子的主人正在谈拆迁补偿，所以便宜租给他们。他不无得意地说自己有个单独的房间，不用和别人挤在大通铺上。

到了地方，他拿钥匙开了门，熟练地从门框旁摸到了手电筒，啪一声拧亮，招呼我们进去。

跨过这扇门之后，不得不承认，我也要改口叫他"关老师"了——手电筒的灯光之下，这个散发着汗臭味的单间呈现出一种神秘的气息。茶几上、板凳上、窗台上，还有地上、床上，到处都堆满了书；房间中央甚至还有一块黑板，上面用粉笔写着复杂的演算。

"你说时间循环到某次之后就会停止，可信吗？"我问。

"这只是鄙人的推测，科学界还没有找到时间循环的任何证据。"

王毛毛嗔怪道："证据这不活生生站在你面前呢嘛！"

外卖小哥——现在应该叫"关老师"——不好意思地搓了搓手。

我继续问："时间循环结束的时候，有什么副作用吗？它就自然结束了？"

"兄台是想问你会不会再死一次吧？这个说来话长了……"

"长话短说，关老师。"

"好吧，这么说吧，在初始坐标的宇宙里，你的的确确死了。否则你也不可能进入时间循环。但是现在的你，和初始坐标的那个你，并不是同一个你。所以时间循环结束之后的你，是存在于一个新的宇宙里的。在不同的宇宙里，你一般不会再死一次，就像人不会踏进同一条河流。"

"你的意思是，死亡把'我'变成了一个漏洞？"

"可以这么说。"

"为什么会这样？"

"很简单，因为世界本来就不是连续的。今天的你和昨天的你，这一秒的你和下一秒的你，并不是同一个人。"

"太扯了吧？"

"无数的你，存在于无数的平行宇宙。每当你起心动念，甚至哪怕只是改变了呼吸的轻重缓急，就会诞生出一个新宇宙里的你。"

我有些泄气："我活了二十多年，你突然告诉我，昨天、今天、明天的我不是同一个人？"

关老师问："你们都有过看电影的经历吧？"

王毛毛举手："我是影迷。"

关老师解释道："电影是通过视觉暂留原理产生的。把不连续的画面按照每秒24帧播放，肉眼就看不出来图片是不连续的。"

"彼得·杰克逊用48帧拍了《霍比特人》系列，李安的《比利·林恩的中场战事》是120帧。"我忍不住说。和搞物理的民科聊天真插不上什么话，聊电影我可还行。

"你们看电影的时候从来不怀疑它的连续性，对吧？其实你可以把'世界'也看成是一场'电影'，无数不连续的片段按照前后顺序串联在一起，作为观察者的我们被'眼睛'欺骗，以为它是连续的。"

"行，就算世界是不连续的，时间是连续的吧？"

"时间是什么呢？不过是人对世界的不连续变化的一种感知。你看到斗转星移、春华秋实，这些都是空间中的幻象，它们不是连续发生的。你能感觉到时间流逝，其实只是空间幻象一帧一帧被你感知到了。从物理学的角度来看，时间就像数学一样，你可以理解它，但它并不真的存在。好比当你们坐在电影院里，让你们开怀大笑或者伤心落泪的，只是银幕上的一个个昙花一现的像素。"

我听得一脸蒙，记得中学时的物理课本上可没这么胡扯过呀。

王毛毛似懂非懂地点点头："就跟做梦一样。"

这回换关老师一脸蒙了。

王毛毛说："人只有在快速眼动的时候才会做梦；也只有借助视觉暂留才能欣赏电影。那人应该也是在一呼一吸、眨眼之间才能感知到时间。人一旦死了，对时间的感知就会出问题。"

"王姑娘很有研究物理学的慧根嘛！"关老师赞许地说。

王毛毛不客气地点点头，又转身偷偷对我说："其实这都是他之前自己跟我说的。"接着她继续道："这就是为什么，人死亡之后会陷入时间循环。因为对世界的不连续性感知出现了问题。"

我猜这句也是之前关老师对她说过的。

看着他俩一唱一和，我更加一头雾水了。

"算了，为什么人死了后会进入时间循环我也不追究了。"我说，"甭管什么科学道理，你就告诉我换乘点在哪儿吧？"

关老师敲了敲黑板："这是鄙人要用到的公式。估计不出半年，就能有结果。"

王毛毛双手托腮看着黑板，喃喃道："半年？关老师，我们有的是时间，但您没时间。等我们时间一重启，您就什么都不记得，我们还得来找您一次，您还得从头开始算。这样永远也算不出个结果啊。"

关老师伸出两根手指："最快两个月。"

"说吧，你要多少钱？"我问。

关老师立刻摆着手说："不不不，不是为了钱。鄙人不才，自幼爱好格物致知之学,却一直都是纸上谈兵。多少寒窗学子、名师大家更是一辈子研究超弦问题,直到两鬓斑白都只能管中窥豹。放眼整个理论物理界,还没有哪位科研工作者找到过看得见摸得着的'证据'——何况还是两位大活人。此时此刻,二位光临寒舍,令鄙人感到无比荣幸,蓬荜生辉呀。"

我扭头看着王毛毛:"翻译一下?"

王毛毛试探道:"关老师这意思是,免费?"

我拍拍关老师的肩膀:"钱不重要,时间才重要。再过十多个小时,我们又要蹦跶回8月7号下午了。"

"鄙人七点还要上班送外卖……如果能在实验室里计算,那会快很多。二位能找到有很多电脑的地方吗?"

听他这么问,我突然有了一个主意。

月朗星稀,"奶奶的熊"四个大字霓虹闪烁。

陈果站在一排电脑前,一半是气没消,一半是蒙圈。

我从电脑桌下钻出来,举起手里的线:"得了,你也甭郁闷了。过来帮我搭把手。"

陈果走过来,拿眼神指了指王毛毛:"你什么时候有的妞?"

我摇摇头。

他摆出一副苦大仇深的样子发起了牢骚："哥们儿今天求婚，不是说好了你当班吗？放我鸽子不说，还突然来个电话让我把网咖清场！婚没求成，生意也泡汤了。你要给不了我一个合理的解释……"

我停下手上的活，认真地看着他："听我一句劝，这婚，咱别求了。"

"你什么意思？"

在长桌另一头电脑前噼里啪啦输入公式的关老师朝我俩看过来。站在他身后的王毛毛也鬼鬼祟祟地朝这边探出脑袋。

我拉过陈果的胳膊，压低声音对着他耳朵说："这么多年兄弟一场，你信我。"

陈果丈二和尚摸不着头脑，继续吹胡子瞪眼地看着我。

"忘了她吧。"我说着，揽过陈果的肩，拍了拍，"别在一棵树上吊死，懂吧？"

一分钟后，他神色缓和了下来，抿了抿嘴，字斟句酌地开口道："李正泰，你不会……你……别想了，咱俩好是好，但那什么，没可能的。"

我哭笑不得，朝他竖起一根中指。

"你要是不喜欢男人，那为什么这么多年你都没……"

这时王毛毛突然叫了一声:"开始了!开始了!"

我和陈果赶紧把手上的一堆线给接好,快步过去围拢到关老师身后。

关老师面前的电脑上,正刷刷地跑着一列列数据。"奶奶的熊"所有的电脑都已经联机完毕,正在按照他给出的算法进行运算。

陈果还在叨叨:"李正泰,今儿这事……咦?这是在算什么?彩票号码?"

关老师不无得意地说:"非也。这是鄙人编写的时间循环计算公式。"

"他说的每个字我都知道,可连起来怎么就听不明白?"陈果问,"什么公式?"

"时间循环计算公式。"我说,"《土拨鼠之日》《明日边缘》《忌日快乐》,记得吧?我被时间循环了。"

"扯吧,"陈果乐了,"你们仨别逗了。还时间循环呢。"

他指指关老师:"他又不是哆啦A梦。"

又指指王毛毛:"她又不是静香。"

最后指指我:"你又不是大雄。"

我朝陈果摊开手:"手机拿出来。"

他不解地问:"干吗?"

我说:"打电话给你女朋友,问她护照的事……哎,甭废话,你问。"

陈果打通了电话,因为还是凌晨,所以被臭骂了一顿。他鼓起勇气问了护照的事,得到了令他心碎的答案。

"你,你怎么知道?"陈果吃惊不已,"你不会真的被时间循环了吧?那你不就可以……"

"不可以。"我说,"我没有逛过澡堂,也没有抢过银行。"

陈果咂咂嘴:"哎呀妈呀!你现在简直是我肚皮里的一条蛔虫。"

接着他恍然大悟道:"我们之前是不是已经有过这段对话?"

我点点头。

陈果激动地说:"那你可以……可以回到……那一天?2011年2月11号……"

我愣住了。

关老师抬起头来:"理论上来说,时间循环和回到过去是两个概念。"

王毛毛问:"2011年2月11号怎么了?"

我和陈果对视一眼,他抿了抿嘴,不再说话。

我们四个人盯着绿光闪烁的屏幕，等待着运算结果。

天渐渐亮了，关老师看了看时间："哟，鄙人得去上班了。"

我送他走到"奶奶的熊"门口，他告诉我等会儿电脑算出结果之后就给他打电话。

"生活是一次机会，仅仅一次，谁校对时间，谁就会突然老去。"临走时，关老师不无哲理地说。其实这是引用自北岛的诗歌。但从一位会写时间循环计算公式的民科嘴里说出来，还是挺耐人寻味的。

目送着他瘦弱的身躯骑上一辆眼熟的电瓶车，我不禁对着他的背影脱口而出：

"对了，一会儿在建行大厦外面的煎饼馃子摊旁边停电瓶车的时候，让对方自己下楼来拿早点，别送上去。"

回到网咖内，王毛毛坐在电脑桌上，手里夹着一根烟，正跟陈果聊着天，俩人笑得前仰后合。

我朝王毛毛招招手，她俯身在陈果肩头说了句什么，俩人又是一阵哈哈大笑，接着她走了过来。

我们走出网咖大门，站在街沿上。像昨天在动物园的相遇一样，互不相看，并肩而立。

清晨的街头，热气、人群和车流一起慢慢苏醒。

"有一只乌龟,跟一只蜗牛结了婚。"我说,"可是没过几天,乌龟死了。"

王毛毛嬉皮笑脸地问:"为什么呀?"

"乌龟嫌蜗牛太慢,气死了。"

她"哦"了一声,短促地啄了一口烟。

"又有一只乌龟,跟一只蜗牛结了婚。"我说,"可是没过几天,蜗牛死了。"

王毛毛捧场地问:"这又是为什么呀?"

"蜗牛觉得乌龟太快了,吓出了心脏病。"

王毛毛轻轻地笑了一声,耸了耸肩。

我侧过脸,看着她:"在乌龟和蜗牛的世界里,死可以是个玩笑。但在眼前的这个世界,活着,比死了强。你说对吧?能说早安、午安、晚安,比再也不能见面强。"

王毛毛脸上的笑容渐渐消失了,她拿烟的右手停在了半空中。

"东直门地铁站那姑娘,是你吧?"我说,"你的时间重启发生在8月7号下午五点二十,跟8月8号凌晨七点二十,刚好差了十四小时。"

"所以呢?"王毛毛把烟喂到嘴边,猛吸了一口,"这说明不了什么。"

"第一次见面时，你说过，我们的每一次行为和选择，都会产生一个新的世界，一条新的河流。这些河流最终都流向了浩瀚的宇宙，而时间的囚徒，可以在不同的河流里穿梭。"我说，"你说一直在找其他被关在时间循环里的人，却只找到了我，但你只说出了一半的真相。你没有说出的另一半真相是：你找到我，是因为你在那天被我阻止了。因为在你的初始坐标里，我从来没有出现过，所以你断定，时间循环之后遇到的我，和你一样，也是一个时间囚徒。"

王毛毛朝旁边走了几步，在垃圾桶的金属盒里按灭了烟蒂。她把两只手揣在衣兜里，慢慢走回到我身边。

"这就像玩天黑请闭眼的游戏，所有人都在黑暗里闭着眼，只有杀手能够互相睁眼看到对方。"她说。

"我看到你了。你也看到我了。"我说，"可我搞不明白，那一天，你为什么要去死？"

"你难道不该关心我为什么不去死了？"王毛毛歪着头说，"我在初始坐标死了一次，然后又在时间循环里死了一百来次。可是我现在不想死了。"

"能说下跳轨的原因吗？"

"不能。"王毛毛说,"你要真想知道,就陪我去王府井大街七十四号。"

我看看时间,早上七点三十分。

在王毛毛的初始坐标里,她已经死去十分钟,地铁站的工作人员应该正忙着把她那血肉横飞的尸体挪到别的什么地方,再过五分钟,2号线就要恢复运行了。如果她总是重复着初始坐标里的时间线,那么她是无从得知在这个时间点,世界上任何坐标位置上发生的任何事情的。

2018年8月8号上午的王府井大街七十四号,发生了什么?

无论发生了什么,这个已经"过去"的事件就像是游戏地图上尚未展现的领域,虽然早已写就,但对王毛毛来说却是完全未知的。她可能有些害怕,但又无法释怀。

"你真的想去?"我问。

"你不是想知道我为什么要跳轨吗?去了你就知道了。"

因为获得了我的时间,王毛毛现在可以去2018年8月8日凌晨七点二十以后的世界。没来由地,我觉得在这个世界里,我应该对她负责。

"那走吧。"我说,"对了,你还没说你为什么不死了?"

"因为莫名其妙被个傻子救了啊。"

她已经远远地走到我前面去了。

在去王府井大街七十四号的路上,我给陈果发了个信息,让他留意着电脑,一旦有了计算结果就告诉我。

已经好几年没来过王府井了,对王府井的印象就是全聚德、五芳斋、全素斋、浦五房、东来顺,没想到七十四号原来不是什么百货店小吃店,而是"东堂"——北京挺有名挺气派的一座天主教堂。

今天有对儿新人要在这里办事,王毛毛和我推门而入的时候,婚庆公司的人正在里面布置。在一片繁忙景象中,我们找了个僻静的座位坐下。

落座之后,我不禁笑了。

王毛毛问:"你笑什么?"

我指着婚庆展板上新郎的名字说:"你不会就是因为这位什么……岳军先生,所以想不开的吧?"

王毛毛不乐意地说:"你还真猜着了。"

好吧,只要稍微脑补一下,就能想到一出狗血剧情。王毛毛初始坐标里8月7号这天动物园和电影院的形单影只,都有了一个合理的解释。

"姑娘,你都循环一百多次了还翻不了篇?"我说,"什么仇什么怨,在生死之后,都可以一笑泯之嘛。这轨咱不能白跳不是?"

"不行,我翻不了篇。"

"那你想怎么着?你用惩罚自己的方式来惩罚渣男还嫌不够?今儿还想用惩罚渣男的方式再把自个儿给惩罚一遍?"

"你不懂,跟你解释了也白解释。"王毛毛朝我翻了一个白眼。

"你……跟他这得……多大仇啊。"我不禁感叹。

"还记得三只蝴蝶吗?"王毛毛说,"他曾经跟我说,我们别像那仨一样傻了吧唧,聪明人就该先各自顾好自己,等事儿过了,他就娶我。可是我这儿扛着事儿呢,他和前妻复婚了!呸呸呸!二婚还办什么婚礼!"

我看看展板上浓情蜜意、郎才女貌的俩人,点点头:"是有点欺负人了。"

"他还扔了我的狗!"

"人渣啊。那你一会儿打算怎么整啊?需要我配合吗?"

王毛毛咬咬牙说:"一会儿他俩宣誓的时候,你去抢亲!"

我摇摇头:"这不合适吧?"

王毛毛愤愤道:"那一边儿去!"然后她突然想起了什么似

的，快步走出了教堂，留我一人坐那儿。

坐了不多会儿，宾客陆陆续续到了。早上九点，婚礼开始。新郎新娘在婚礼进行曲中走到了牧师面前。我既觉得这一切跟我没半毛钱关系，又感觉似乎不能一走了之、置身事外，只好苦等着王毛毛回来。

主礼牧师手对着麦克风说："今天，在圣堂内为你们举行神圣隆重的婚礼。婚姻是蒙福的，是神圣的，是极宝贵的，所以不可轻忽草率，理当恭敬、虔诚、感恩地在上帝面前宣誓。岳军先生，你愿真心诚意与这位女士结为夫妇，无论安乐困苦、富贵贫穷或顺或逆或健康或病弱，你都尊重她，帮助她，关怀她，一心爱她，终身忠诚地与她共建家庭，你愿意吗？"

新郎说："我愿意。"

我替此刻不知身在何处的王毛毛感到庆幸，她没有当场目睹这一幕。

牧师又把同样的话问了一遍新娘。

新娘说："我愿意。"

话音刚落，教堂的门被砰的一声推开了。一个声音大喊道："我反对！"

像八点档肥皂剧里重复过无数次的情节：所有人扭头，看到大门外射进来的刺目的光亮中，一个孤零零的人影像钉子一样杵在那里。

没错，这根孤单瘦弱、倔强唐突的搅屎棍就是王毛毛。

她就像刚被人从水里捞起来一样，浑身上下都是湿的。不知道她上哪儿搞来了一身婚纱，披挂上阵的王毛毛咚咚咚走过地毯，走上宣誓台，在全场所有人还没反应过来怎么回事的时候，抡圆了手臂给了新郎一个响亮的耳光。

这时包括新娘在内的所有人总算明白了点什么。

可是接下来，王毛毛又干了一件出人意料的事情——也只有她才干得出来——她一把拉过新娘，掰过她那张妆容精致的脸，狠狠地亲了下去。

牧师的表情已经不能用"惊恐"来形容了，在场的宾客们也一个个目瞪口呆。不少人拿出手机拍起了小视频。

终于，新郎新娘的父母开始从震惊、尴尬、愤怒中反应过来，指挥亲信和婚庆公司的人手上去架开王毛毛。王毛毛被人七手八脚地拉开，嘴上的口红也花了一脸。

再不出手，估计她要被生吞活剥了。我冲进人群，一把抓起王毛毛的手腕，拽着她杀开一条血路。我们跑出教堂的大门，朝南跑去。愤怒的宾客紧追不舍，一直追到了长安街。

我边跑边教育她:"你这样做不对。"

王毛毛喘着气答:"我知道啊。"

我说:"但也挺牛的。"

她点点头:"可不是嘛。"

这一天上午十点左右的长安街,出现了一副奇异的景象。一个穿夹克和纽百伦跑鞋的男青年,拽着一个穿婚纱的姑娘在前边跑,后面跟着一群打扮得体、衣冠楚楚、愤怒之情溢于言表的男女老少。

贯穿了长安街的风,此时也贯穿了我们的身体。我从未如此清晰地感知过这个不连续的世界——上一秒,这一秒,下一秒,像被风吹动的书页,它们在长安街上如白鸽般哗哗地振翅一飞,飞进万千滴前仆后继的雨滴之中,飞进北京城上空八月的雾霭里。

雨消失了。

冬日干燥晴朗的暖阳照着我的脸。

惯性下的急速奔跑让我的视线有些模糊。但是我却清楚地知道,在视线前方,那个站在路口的身影,是林娅。

人影朝我挥了挥手。

真的是林娅!

我拼尽全力朝她跑去。

一辆黑色比亚迪眨眼之间冲了过来，撞倒了她。

我不知道是时间停止了，还是我的呼吸停止了。

总之在这一刻，我感觉不到时间的流逝。

我甚至分不清这是我的记忆，还是我又重新经历了一次那一天发生的事。

2011年2月11号。

等我再次吸入空气，又从肺部急促地吐出，雨滴重新坠落在我的肩头。

映入眼帘的，是淋成了落汤鸡的王毛毛那张五迷三道的脸。

不知道什么时候，我们身后已经没有了追兵。

她靠过来，伸出手，掰过我的脖子。

我们的目光在潮湿的灰色空气里短兵相接。

王毛毛踮着脚，仰起脸，亲了我，然后一言不发。

就在这时，手机响了。

我接起来，是陈果。

"你们在哪儿？"他说，"结果出来了。那位关老师忒不靠谱啊。"

"怎么？"

"结果是'啊'。"陈果说。

"'啊'?"

"对啊。"他说,"'啊波次嘚'的'啊'。"

"结果是汉语拼音?"

"对,你最好问问他这是怎么回事。"

我挂断电话,打给关老师。

"'啊'?"他的反应也是一样。电话里传来很嘈杂的声音,我猜他正穿梭在雨里,忙着给某个坐在办公室里懒得下楼的白领送午饭吧。

我们约了一小时后在"奶奶的熊"见。

"没文化真可怕。"在网吧里,我拍拍陈果的肩说。他不好意思地搔搔后脑勺。

电脑运算的结果,不是"a",而是"α"。希腊字母的第一个,也就是"阿尔法"。

"我以为计算出来会是个阿拉伯数字,结果是它'弟弟',阿尔法?"王毛毛看着电脑屏幕上闪烁的绿色字母说。

"嗨,我知道了!"陈果突然一拍脑门,"阿尔法不就是下围棋那只狗吗?"

"α是希腊字母的第一个,也就是'起点'的意思。"关老师说,"在牛顿经典物理的时间观里,时间的确是有'起点'的。"

"时间的起点?"

关老师点点头:"热力学第二定律规定了时间的方向,而物理学上认为的时间的起点,就是137亿年前的那场大爆炸。"

"137亿年?"王毛毛吓了一跳,"得循环这么久?"

我打量了一眼王毛毛。虽然脸上有雀斑,但皮肤还行。虽然是平胸,但好歹是个女的。思来想去,总比和一抠脚大汉当"狱友"要好。但137亿年……还是太长了点儿吧?

"不可能不可能,不可能是137亿年。"关老师自言自语着,拿出随身的一个小本写了些我们看不懂的演算公式,期间还接了几个催单电话,他一边冥思苦想着草稿上的算法,一边对着手机屏幕唉声叹气:"又有人评一星。我今天亏大了。"

"没事,"我安慰他,"等到晚上七点三十七,时间就会重启。你的一星都会归零。"

他如释重负地点点头,继续投入演算之中。

时间一分一秒过去。陈果去隔壁烟酒行买烟。王毛毛走到网咖后墙的一台投币饮料机前买了一瓶苏打水。

我走到王毛毛身边,问她:"要真是137亿年,咱们怎么办？活腻了想死都没地儿死。"

她耸耸肩："是挺够呛。"

"几个小时后就要时间重启了。他俩会忘得一干二净。但我不会，你也不会。"

王毛毛拧开瓶盖，咕嘟嘟灌了一口，问："所以？"

"所以今天是什么意思？"

王毛毛耸耸肩看着我，转身要走。

我抬手挡住她的去路，严肃地说："如果时间循环会发生一百次，那就可能继续发生一千次、一万次……可能比我们一辈子还要长。没有任何人能够证明我们的存在……"

"除了我们自己。"聪明如王毛毛，说出了我想说的话，"只有你能证明我的存在，也只有我能证明你的存在。"

"在关老师得出结果之前，我们可能要做好共度一生，甚至好几生的准备。所以你不要乱来。"

"哦，你是说我今天那个你的事？"王毛毛指指自己，又指指我。

"你今天做的事，不会随着时间重启消失。"我说，"所以，如果你以后要做什么跟我有关的事，请不要那么随意。因为我不像他俩。"

王毛毛不置可否地推开我的胳膊,头也不回地走掉了。

"因为我会记得。"我对她的背影说。

因为我会记得。

过去,我以为记忆只是单纯的记忆。在记忆中体会到的快乐和痛苦,都是虚无的幻觉。即使在经历了一百多次时间重启之后,我仍然这样以为的。

但是现在,我相信了关老师的解释。从某种程度上来说,我们的肉身并不重要。在浩瀚的宇宙之海里,有成千上万朵浪花;每朵浪花里,包含着成千上万个泡沫;而每个泡沫里,就有一个时间线上的宇宙。

我们的肉身存在于所有的泡沫,所有的浪花之中。我们的肉身充满了宇宙之海——时间线上的无数个世界,浩浩渺渺,没有尽头。

是什么使我成为我?

不是某一个世界里的肉身,而是在这个世界里的记忆。是我的经历塑造了昨日之我、今日之我、明日之我。

时间不存在,肉身不存在,只有记忆才是真真切切的。

这和我过去的常识完全相反。

但只有你身在其中——当你死亡过,体会过,才会承认这一点：每一个参与到你生命里的人，每一个你曾做出、正在做出和将要做出的选择，每一段你无法忘记的记忆，使你成为现在的你。

下午五点多，陈果买了烟回来，又从"奶奶的熊"前台的货柜里拿出火腿肠和方便面，我们四人一字排开，人手一碗。

时钟嘀嗒作响，除此之外，世界一片寂静。

"原来如此！"

关老师突然大声招呼所有人过去。

"鄙人知道 α 的意思了。"关老师面色潮红地说，"不是137亿年，而是——"

他举起手里的草稿，我们凑近一看，那上面写着：137。

"真行啊，关老师。"陈果吸溜着泡面说，"这不还是换汤不换药吗？"

"不不不，"关老师说，"且听我娓娓道来。你们知道那个跟物理学家打赌'上帝不是左撇子'的泡利吗？"

王毛毛和陈果一头雾水地看着他。

"一部讲量子力学的电影里提到过泡利。"我说。可是我一时半会儿记不起来那部电影的名字了。

关老师点点头，两眼放光："曾经有人问泡利，如果你死了之后上天堂，可以问上帝一个问题，你会问什么。泡利说：我会问他,'为什么是137?'"

"为什么是137?"我们仨异口同声地重复了一遍。

"泡利生命的最后十年都在追寻这个问题的答案。就连他死的时候,病房的号数刚好也是137。"

"等他真的死了就会发现根本见不到上帝。"王毛毛说,"只会在死前的十四小时里不停循环。"

"泡利的问题,其实就是你们要找的答案。"关老师说,"真相只有一个:不管是谁,在死亡之后都会经历137次时间循环。因为泡利关心的137,来源于物理学上的一个公式,而它可以简写作一个希腊字母——"

王毛毛恍然大悟道:"阿尔法。"

"我早就该想到答案是137,而且只能是137。"关老师拿笔戳了戳桌上的草稿说,"太完美了!所有的数字——从质量、长度到电荷、速度、普朗克常数——所有物理学用来描述世界的数字都带有量纲,比如光的速度是30万千米每秒,你的体重是130公斤……"

"我只有124公斤。"陈果急忙站起来撇清。

关老师点点头,示意他坐下,然后当着我们的面写下了一个让人看着就费劲的公式:$\alpha = e^2/(4\pi\varepsilon_0 c\hbar)$。

"看明白了吗？"

我们仨一齐真诚地摇摇头。

关老师的热情并没有被我们浇灭，他的两瓣嘴唇反而像失禁的括约肌一样，滔滔不绝一发不可收地说了起来：

"牛顿经典物理的时间观构建于伽利略的蓝图之上。时间一直被认为是基本标量的一种，就像我们为了描述世界而人为设定的另一些标量——长度、质量等。直到爱因斯坦的相对论横空出世，把时间作为构建宇宙的一个部分，他说过关于时间最著名的一个论断是——"

"时间不存在。"我说。

"对！"关老师激动地点点头，竖起一个大拇指，"这位同学都会抢答了！爱因斯坦说时间是一个幻象，是不存在的。所以不能作为定量。这就意味着……"

他看着我们，露出循循善诱的笑容。

"意味着？"我们异口同声地问。

"意味着时间是无量纲的。"

说实话，我打心眼儿里不在乎"时间是什么"。作为一个电影放映员，我的理解力到"时间不存在"这里就已经算是仁至义尽了。

然而在关老师睿智而又慈祥的目光注视下，我们盛情难却，只好蒙混过关地点点头。

他继续说道："如果真的有上帝的话，这是上帝为不存在的时间所设计的唯一答案。"

这时时钟敲响了。

晚上七点整。

还有三十七分钟，时间就又要重启了。

王毛毛扭过头，突然问："李正泰，我们经历了多少次时间循环了？"

"一百三十六次。"

如果真给他蒙对了，那三十七分钟后，我们即将走到时间循环的尽头。

我和王毛毛面面相觑。好像两个原本被宣判了137亿年有期徒刑的囚徒，突然又得知明天就可以刑满释放一样，命运的变化无常让我们心潮起伏、无言以对。

在那之后，会是万劫不复的刀山火海，还是一切照旧的庸常之海？

抑或，一个美丽新世界？

23
第137天

以王毛毛的狡黠，她已经猜到了问题的答案。

一滴雨从云层中坠落，像它成千上万的同伴一样，受地心引力所蛊惑，宿命般地划出属于它的一条银色轨迹。

在抵达泛着涟漪的水洼或泥泞的地面之前，它落到了一片树叶上。

一条棕白色的、柔软的舌头把树叶连同这一滴雨卷进了嘴里。

长颈鹿咀嚼着这片树叶，慢慢地踱到另一棵树下。

我和王毛毛隔着栅栏看着它。

"'出狱'之前，还有什么想做的事儿吗？"王毛毛问。

我点点头。

敲开门的时候，我妈脸上露出惊愕的表情。等她看到我身后的王毛毛，就更吃惊了。

傍晚的大雨，黄色的灯光，饭菜香味和白色蒸气弥漫的屋脊。曾经以为再也无法弥补的一顿晚饭，此时此刻，活色生香，恍如隔世。

吃完晚饭，我陪老爷子看《新闻联播》，王毛毛和我妈在里屋不知道嘀咕了些什么。

从东四五条胡同出来，夜幕已经降临。立秋的大雨洗涤着整座城市。

我撑着伞，和王毛毛站在路口，路灯的光笼罩着我们，仿佛随时会有一辆龙猫公交车呼啸着骤停在我们面前。

"你妈妈给我看了林娅的照片。"王毛毛说。

我一时不知道怎么接话。

"我要是她就好了。"她笑了。

"别闹。"我说。

"时间循环结束了，你还会记得她。"王毛毛说，"可是等到明天这个时候，我们就是陌生人了。"

"记忆没你想的那么重要。"我说。

不仅仅是记忆，还有选择。记忆是过去的选择，而当下和未来，我们还可以做出无数的选择。

"反正我也没什么好遗憾的了。"王毛毛伸了一个懒腰,"谢谢你借给我8月8号七点二十分之后的时间。"

我点点头:"也谢谢你借给我8月8号五点三十七分之前的时间。"

其实我想说"谢谢你陪我回家吃饭"。但一想到这已经是第一百三十七次时间循环,在这次之后时间循环就会停止,我的脑子就有点乱。

"你呢?"我问她,"'出狱'之前,还有什么想做的事儿吗?"

她仰头看着滴雨的伞檐,掰着指头算:"不想一个人逛动物园,达成;大闹婚礼现场,达成……剩下的就是,不想一个人看电影。"

说完,她从包里摸出两张票。

2018年8月7日晚,1号厅10排1座、10排2座。

原来在初始坐标中,我们曾经在我上班的那家电影院遇到过对方。她在观众席上看电影,我在放映室里发呆。光束从我面前的放映机射向荧幕,仿若一条发光的纽带把我们相连——而我们却从来没有留意过彼此。

如果不是在死亡后的时间循环里有交集,我们就会像这座城市里的其他两千一百七十万人那样,对每时每刻的相遇和错过一无所知。有多少人曾经近在咫尺，却终其一生都素不相识？

换好氙灯，调暗灯光，电影开场。

四米高的幕布上，阿飞对南华体育会售票员苏丽珍说："一九六〇年四月十六号下午三点之前的一分钟你和我在一起，因为你我会记住这一分钟。从现在开始我们就是一分钟的朋友，这是事实，你改变不了，因为已经过去了。"

黑暗中，王毛毛的瞳孔里有星光一样的东西闪闪发亮。

2003年，饰演阿飞的张国荣从香港中环的文华东方酒店纵身一跃之后，去了另一条时间线。留下我们这个世界的人，每年的4月1日都在缅怀他的风华绝代。

我们看了一场又一场电影。

换片中途张姐进来过，她知道我偶尔在没有观众的午夜场跑进观众席坐着放自己选的片。当她看到王毛毛时，先是略微愕然，接着又朝我露出了一个饱含深意的微笑，再也没有来打扫过1号厅。

凌晨五点，陈果打来电话。

我走到影厅外面，接起电话，他问我玫瑰花和钻戒在座位底下放好了没有。

"听我一句劝，这婚，咱别求了。这么多年兄弟一场，你信我。忘了她吧。别在一棵树上吊死，懂吧？你要实在不信，问她护照的事。还有，你放心，我对你没意思，也不喜欢男人。"

嗯，信息量很大，够陈果好好消化一晚上了。

等我摸黑走回观众席，发现偌大的影厅里面空无一人。

王毛毛不见了。

我跑出放映室，撞上张姐，她问："小李啊，你没事儿吧？"

我环顾四周，已经不见她的踪迹。我问张姐："刚才出来一姑娘，您看见她上哪儿去了吗？"

张姐指指安全通道："我看见她进了楼梯间。"

通往安全通道楼梯间的那道厚重的大门像一张翕张着的嘴唇，微微来回摆动着。我快步追去，几乎是用身体的重量和奔跑的惯性撞开了大门。

楼道顶上的灯光从我背后射出，在我身前投下一道又黑又长的影子。我听到自己急促的脚步和喘息声，想起第一次和王毛毛说话，就发生在这座楼道里。

脑海里扑面而来无数的片段，和一个又一个地点有关。时间循环以来我所走过的轨迹在记忆中纵横交错——从电影院到动物园，从宜家商场到东直门地铁站，从关老师住的大杂院到陈果的网咖，从王府井大街七十四号到东四五条胡同……

我发现自己所到之处，都有王毛毛的影子。

她已经成了我记忆的一部分。

在某个楼梯拐角，我以为我会看到王毛毛。就像第一次留意到她的闯入一样，看到她弯着腰，喘着气，背抵在墙上，伶牙俐齿地说出那句开场白，然后就这样轻而易举、毫不客气地走进我的世界。

然而没有。

雪亮的灯光照着楼道。

但那个等在楼梯拐角的人却不见了。

推开厚重的消防门，我冲到了大街上。

她不见了，消失了。

这作风很王毛毛。

站在凌晨的北京街头，我不知道往哪里去。

就这样彷徨和惊慌了一会儿。终于，冥冥中，我想到了一个地方。

东直门地铁站里人头攒动，我被浓稠如一锅粥的人群推搡着向前，走下楼梯，行过陈旧低矮的甬道，进入有着八十年代风格的巨大圆柱的岛台。无数双鞋带进站台的泥水，滴雨的伞沿，令人躁动的热气；人群似乎是无声的，又似乎震耳欲聋。

我在往雍和宫方向的候车岛台上看到了她的身影。

时间是七点零六分。

有一列地铁进站，人们一拥而入。

她站着没有动。

我走上前去，抓住她的胳膊。

她回头，却不是王毛毛。

时针指向七点十分。

不停有列车进站，不停有人走进那钢铁巨兽的肚子，然后任由它呼啸着把自己带向这座城市的四面八方。

七点十七分。

七点十八分。

七点十九分。

我的手心微微有些出汗。我抬头看着站台上那面挂钟的指针，一点一点朝前挪动。

我茫然四顾。此时、此地、此刻，我只想从一张张陌生的面孔中，看到王毛毛的脸。

列车的车头灯照亮隧道深处，又有一趟列车呼啸着进站。突然，刺耳的刹车声传来。人群中传来惊呼声，循着骚动的方向，我才反应过来，是另一侧轨道的列车出事了。

有人跳轨了？！

我的脑海像被列车灯洞穿了似的，一片空白。

"奶奶的熊"门口，我和关老师站在街边的垃圾桶旁。清晨的街道吐出雾霾、人群和汽车尾气。

"时间循环结束之后，我还会记得这些事吗？"

"理论上，你只会记得初始坐标里发生的事。"关老师说，"毕竟死亡是个漏洞。时间线修正之后，时间循环期间的事你自然不会记得。"

"所以没有谁会真正死亡。"我叹了口气，"死亡的只是记忆。"

关老师怔了怔，若有所思地伸出右手中指，推了推鼻梁上的镜架。

我想我明白了为什么2011年2月10日的那个冬日傍晚是如此重要。因为那是林娅在车祸之后曾经无数次回来过的时间线。她曾在这个傍晚不停地循环，一百三十七次，直到时间尽头。

就是这样的吧。

我曾经在悔恨中无数次设想——如果我不在胡同拐角逗留，如果我早一点到达那个十字路口，如果我们约在别的时间，如果我在做出任何一个选择时,发生任何一点微小的改变……林娅就不会被车撞倒。

但是现在,我明白了。她只是去了另一个时间线。在那个世界里,她会遇到别的什么人,经历别的什么事。在那个世界里,她今年二十三岁,有一个闪闪发光的人生。而不是像在我的世界这里,永远停留在十七岁。

她会有从2011年2月11日到2018年8月8日的所有记忆。只是在这条时间线上的我再也无法参与其中了。甚至,在那个世界里,林娅和李正泰在一起了。只是,那些记忆,不属于我。那条时间线上的林娅,永远也看不到这个世界里如废柴度日的我。因为在宇宙之海上,我们已经不属于同一个泡沫。

"最后一个问题。"我说,"如果我不想失去时间循环期间的记忆,是不是只有一个办法——"

雨滴落在街边的水洼里,涟漪和涟漪相互碰撞、交错、影响、消失。

我一字一顿地说:"再死一次。"

关老师没有说是,也没有说不是,而是给出了意味深长的回答:"生活是一次机会,仅仅一次,谁校对时间,谁就会突然老去。"

然后他戴上头盔，骑上电瓶车，将外卖夹克的拉链一直拉到下巴底下，一脚油门，绝尘而去，深藏身与名。

我猜王毛毛也问了关老师同样的问题。

或者以王毛毛的狡黠，她已经猜到了问题的答案。

如果不想失去时间循环期间的记忆，就不能从137这个换乘点下车。而不下车的唯一办法，就是"再死一次"。

不同时间线上的世界，就像不同颜色的花朵。我们每一个个体，就是一只蝴蝶。死亡就像雨滴，当大雨落下，如果你不想被雨滴击中，就只能选择进入不同的花朵避雨。而如果你们不想失去彼此，那就只能被大雨击落在地。

在走到时间尽头之前，我做出了循环世界里的最后一个选择。

我选择了在大雨中被死亡击落，原本打算在今天晚上七点三十七分再死一次。这样，我就能在一个对王毛毛有记忆的时间线上醒来。

看来她也做出了同样的选择。

我感觉自己的腿好像焊在了站台上，根本迈不动。

数米之外的另一侧站台上，黑压压的人群骚动着。

我想象着就在那条铁轨之上，人们正对着王毛毛血肉模糊的身体指指点点。

直到这一刻，我才意识到，死亡是最愚蠢的选择。

我们可以不停地通过死亡来记得对方，但这样的记得又有什么意义？世界不再与我们有关，这对她不公平。

我以为这137天的记忆，值得自己承受永生之狱，却从来没有想过，它对王毛毛来说是不是足够值得。一直以为，是林娅的意外，让我把记忆看作比生命还宝贵的东西。可是现在，我心里只有一个念头，希望王毛毛全须全尾地活着。不是像林娅那样活在另一个我永远无法抵达的泡沫里，而是活在这里，活在有我的这个世界。

哪怕她再也不记得我。

"哎！李正泰！"

王毛毛！

我回过头，她就站在那里。

王毛毛两手揣在外套衣兜里，嘴角微微上扬，目不转睛地望着我。

货真价实，如假包换。

电光石火的一瞬间,我的脑子里涌现出很多想法。我想上去暴揍她一顿,又想把她揽在胸口;我想对她大吼大叫,又千言万语如鲠在喉。

在人潮汹涌的东直门地铁站,我们隔着一米的距离站着,像两个心照不宣的傻瓜。

终于,她耸了耸肩,指着围在地铁车头前的人群说:"不知道谁的包掉铁轨上了。"

"你给我听好了,"我说,"有我在,你就甭想破坏2号线的正常运营。况且,你要是给碾成烂泥了,我还得再死一次,回来救你。你不嫌麻烦我还嫌麻烦呢。"

"要是我从这儿往下跳一百次呢?"

"那我就回来救你一百次。"

"一千次呢?"

"回来救你一千次。"

"一百三十七亿次呢?"

"回来救你一百三十七亿次。"

她眯起狐狸一样的眼睛,咧嘴一笑。

王毛毛朝我走过来,看着我:"你说,那仨蝴蝶是不是傻?"

我点点头。

"我们才没那么傻呢，对吧？"她说着，声音委屈得快要哭出来。

"我不要再死一次了。"她又说，"你也不要。"

我又点了点头。

王毛毛吸了口气，不让鼻涕眼泪落下。她露出一个笑容。我发现这姑娘笑起来真挺好看的。

我也笑了。我看着她，不想再浪费一分一秒，我只想把她的眼角眉梢统统都记下来。

"再过十多个小时，时间循环就结束了。我不会记得你，你也不会记得我。趁那之前——"她踮起脚尖，把脸轻轻地凑到我脸前。

我伸出左手，捧住她仰起的后脑勺。王毛毛后颈窝的皮肤细腻而冰凉。

我低下头，亲在了她同样细腻而冰凉的嘴唇上。

如果再也不能见面，祝你早安、午安、晚安。

时间尽头之后

这座城市，一共住着两千一百七十万人。

伟大的，平凡的，焦虑的，欢愉的，有钱的，贫穷的，善良的，刻薄的，浪漫的，现实的，精明的，疲惫的，诚实的，虚伪的……

如果硬要对号入座的话，我猜我属于"孤独的"。

孤独是一种病。

这家电影院，是我上班的地方。刚才和我打招呼那位，我们都管她叫张姐。她在这儿上保洁晚班。走道里那一字儿排开的镜框海报，都被她擦得铮亮。《月光宝盒》《第五元素》《超体》《黑客帝国》《煎饼侠》《闪灵》《旺角卡门》《搏击俱乐部》《楚门的世界》《低俗小说》《霍比特人》《比利·林恩的中场战事》《土拨鼠之日》《明日边缘》《忌日快乐》《万物理论》《阿飞正传》……

我喜欢在放映室里发呆。黑暗中，尘埃乘着光线飞驰，光影投射在幕布上，像灯塔的光束照进汪洋。

我就住在影城楼上的一间公寓。日常生活中大概百分之五十的交流，都是和一只名叫布拉德·皮特的仓鼠还有一只名叫阿尔帕·西诺的乌龟进行的。

我每天的步行轨迹，则是从这栋大楼走到街角的广告牌。那根用来支撑广告牌的水泥柱子充当着如来佛祖的中指的作用——我每天遛着狗到这儿来，早晚各一次。我原来挺讨厌出门的，自从养了这条傻狗，每天都得出门。周末上我父母家吃饭，因为不喜欢一切交通工具，我一般都遛着狗去。反正离得也不远。

这家叫"奶奶的熊"的奶茶店，是我发小陈果和一个朋友开的，他俩是点外卖认识的——早前儿"奶奶的熊"是家网咖，陈果之前谈了一女朋友，跑了。网咖没多久也关门大吉，换成了奶茶店。陈果那朋友在我看来有些神神道道，爱好是研究宇宙，他说的话都太玄了，我担心过他会不会是一骗子，陈果却尊称他为"关老师"。

这天早上，我照例带狗来水泥柱子这儿"到此一游"，一姑娘上来就自来熟地搔起了狗脖子。傻狗上蹿下跳，哈喇子揩了姑娘一手。

常年遛狗的人都知道，这么干的人可以分为几类，除了真爱狗的,就主要是打听路的。今天这姑娘,看起来应该是没话找话那一类。

"这狗叫什么名儿呀?"

"莱昂纳多。"我说。有时候遇上这种人,我也搭理几句。这狗之前的名字叫"莱昂",是它上一任主人取的。

"哟,还姓迪卡普里奥吧?"

我乐了。这才留心看她。短发藏在卫衣的兜帽里,胸部也没怎么发育,笑的时候露出一颗虎牙。

"不不不,姓李。"我说,"随我。我叫李正泰。"

那姑娘站了起来,从背包里掏出一张《寻狗启事》递到我眼前,眯起狐狸一样的眼睛:"这是我的狗。你好,我叫王毛毛。"

冬天去到南方

她可以听见雨声、看到雨水,但是她和雨之间始终得保持一个安全距离。她从不和它接触。这似乎是三年来的惯例,或者说她和雨之间的秘密。

> 因为我在古米亲眼看见西比尔吊在笼子里。孩子们问她：你要什么，西比尔？
>
> 她回答道：我要死。
>
> ——〔英〕托马斯·艾略特《荒原》

这场雨已经持续了一千一百三十六天。

今天是第一千一百三十七天，看样子雨还会继续下去。

在西比尔的想象中，世界就像是放在水龙头底下的一只桃子，被一双无形的手牢牢地捏着、翻转着、揉搓着——就这么一直被水冲刷着，没人会蠢到去问这水从哪里来，什么时候会停。

西比尔是幸运的，至少她知道天空原本是蓝色而不是黑色的。比她更小一些的孩子，那些不到四岁的孩子，他们从未见过真正的天空。雨水笼罩了整个房屋、街道、社区、城市、国家……雨水笼罩了整颗星球。

小扣子就没有西比尔这么幸运。他是去年才出生的，不知道是不是因为受下雨的影响，他出生时个头特别小。西比尔打着伞隔着产房的玻璃看到他的第一眼，只觉得他是一个浑身污秽的、皱巴巴的没毛小动物。他的名字也说明了西比尔的感觉没错，他很小，他的母亲根本没有感觉到任何阵痛，就把他像一粒扣子一样拉了出来。

此时西比尔正紧紧地抱着小扣子，她唯一的弟弟。她听见父母正在厨房里争吵。是的，在从未间歇的雨声中，她的听力练习得跟她的心一样敏感。

她隐隐约约听到了"南方""山脉""吃人的祖先"这样的字眼。这些字眼对她来说相当陌生。另一些字眼则更为陌生，她聚精会神也无法猜出那到底是什么。

"孩子们或许会死在路上！"西比尔的母亲几乎是号叫着说。

"那也比死在这里强！冬天来了，他们随时会死。很可能明天就死了。"这是父亲的声音。

西比尔下意识地看向窗外，似乎"冬天"是个走夜路的旅人，此时已经抵达了他们的房门。

她不知道父母是怎么确定"冬天来了"的。因为自从开始无休无止地下雨，世界就变得湿漉漉的，说不上来是什么季节了。

西比尔把下巴枕在小扣子的后脑勺上，他正在酣睡。他的后脑勺上有一圈光秃秃的皮肤，西比尔哈出的气贴着那片皮肤，小扣子在睡梦中轻微地抽搐了一下。

西比尔把小扣子搂得更紧了一些。

她能感觉到他那奇怪的骨头紧贴着自己。小扣子有着外翻的肋骨和像青蛙一样鼓鼓的小腹，他真是一个丑陋的婴儿。西比尔明白，如果他生在一些特定的国家或者时代，就会被丢到暴雨中去，让那些黑暗中的野兽拖走吃掉。

但是，不，她想到这里，突然有点难过。她很爱他，不管他有多么丑陋，多么孱弱，他始终是她最最亲爱的小弟弟。她甚至决定现在就开始想一个故事，为小扣子编造一个被丢弃到暴雨中之后，最终活下来变成了一个英雄的传奇。

"西比尔，"她的母亲出现在过道里，手指上沾着面粉，"我叫你很多声了。把小扣子放到床上去，过来帮我收拾点东西。我们明天就出发。"

母亲的脸上带着疲倦，这反而使她看起来很平静。她的语气也和刚才跟父亲说话时完全不一样，她那种自然的神情，就好像西比尔早就知道他们一家"明天就出发"似的。

明天就出发？去哪里？为什么？

西比尔想问。但是她没有开口。

她把小扣子抱去床上放好,折回身走进厨房。她的父亲在用绒布擦拭刀具。所有的刀都放在餐桌上,它们闪闪发光。其实犯不着擦。母亲跪在地上,从一个壁橱里面往外拖出一小袋一小袋的面粉。

"去拿点油,我们会用得着,"父亲说,"还有火柴,把它们贴身放着,别弄湿。"

西比尔看到雨水正顺着厨房的玻璃往下流。它们像某种不断长出四肢的软体动物,从不放弃进入人类房屋的欲望。

她似乎已经习惯了这样的对峙。她可以听见雨声、看到雨水,但是她和雨之间始终得保持一个安全距离。她从不和它接触。这似乎是三年来的惯例,或者说她和雨之间的秘密。

可是明天,全家就要出发了。

他们可能会暴露在雨幕里。他们会乘坐什么样的交通工具?他们会抵达南方的那些山脉吗?如果不去又会怎样?如果注定要在冬天死去,她希望还是死在自己出生的地方比较好。

窗外黑沉而喧嚣的雨夜里,偶尔有电光闪烁。那不是闪电,而是游动在高空的电鳗。

或者说,"电鳗"。

当人们开始接触并且了解三年以来的这场奇怪的雨，他们发现了一些更为离奇的事情。最初那是一个并不引人注目的访客，一颗每隔七十六年就会光临地球的彗星。这一次，当它行进到近地点的时候，意外地被地球的引力所捕捉，悬停在了北极上空。接着彗星上生长出了数以千计的根状物。人们好奇地观望着，而彗星并没有让他们失望。这些根状物一直朝着地球的方向生长，最终钻进了北极的冰盖。紧接着一些像鱼一样的生物从彗星上顺着根状物爬了下来。它们有了自己的名字，"虎鲨""蝠鲼""鳗鲡""电鳐"……在人类已知的海洋生物的名字上加上引号，就成了这些不速之客的新头衔。

它们和鱼的确很相近，只能呼吸水里的氧气。然而它们对水的形态却没有海洋生物那么挑剔。这些彗星上下来的生物可以在冰层里行动自如，也可以通过某种奇怪的方式，在雨天像鸟一样飞翔。

这就是西比尔关于他们一家即将展开的旅行所知道的全部。她不知道为什么会开始下雨，她不知道雨什么时候能停，她不知道为什么父亲说他们随时会死。

而且很可能明天就死了。

西比尔觉得自己小小的脑袋快要爆掉了。

不，她清楚地看到她的大脑里有一个蓝色的深渊，那里比世界上最深的海沟还要深。而她自己就正朝着这个深渊坠下去。

她不是爆掉而是快要窒息在自己的脑子里了。她那小小的脑瓜里装着一片深不可测的大海。

这是她全部的恐惧。

三年来，人们搭建了比根状物的数目多出许多倍的管道。没有人再"外出"了，他们通过管道去往特定的地方。没有人会暴露在雨水之中。

而明天，在这场雨持续到第一千一百三十八天的时候，西比尔一家就要出发了。

"去南方找到最高的山脉，"父亲说，"在云之上，鸟都飞不到的地方，没有雨水，也没有那些丑东西。"

父亲说话的时候看了一眼厨房的门，他的目光穿过过道，探向更远处。

西比尔知道那是躺着小扣子的房间。

她还知道父亲说的"丑东西"并不是指小扣子，而是那些从彗星上下来的、会飞的鱼。

现在她突然明白了"吃人的祖先"是什么意思，也许这是成年人给那些生物取的绰号。如果它们有能耐搞得全世界不停下雨，那么吃几个人应该是小菜一碟的事情。

但是它们真的会吃人吗？

这些生物看起来是那么像海洋生物。三亿年前，鱼类从水里走上了陆地，进化为爬行类，最终人类诞生了。而在某个未知的进化分支上，长出了这些可以在雨中飞翔的东西，或许它们与人类真的有着同样的祖先——尽管它们是从彗星上下来的。

或许它们正是人类的祖先，它们回来了。

或许很久以前，所有的生物都生活在这样一个不停下雨的星球上。

三亿年是那么长的一段时间，谁知道呢。

西比尔望着那遥远的、隐秘的雨中电光。明天他们一家就将暴露在这场大雨中，或者就要在那些铺天盖地的"鲑鱼""金枪鱼""沙丁鱼"里穿行。

窗外永远是无尽的黑暗。她并不确切地知道父母所说的"明天"到底什么时候会来。每一刻都有可能是出发的时间。

没有什么是比冬天去到南方更疯狂、更不确定的了。

此时她看到厨房里堆积着裹在皮囊中的刀具、铜制的桶和盆子、包裹在油布里的饼干和面粉。母亲走过来轻触她的肩膀，说："去睡吧，西比尔。明天我们就出发。到时候抱好你的弟弟。"

西比尔舒出一口气。

她决定一会儿就去做一个关于明天出发的梦。她已经三年没有踏出这个屋子一步了。

冬天去到南方,那里有全世界最高的山脉,在云之上,鸟都飞不到的地方,没有雨水,也没有那些丑东西。

*注:"冬天去到南方"出自诗人托马斯·艾略特的《荒原》,原句为"I read, much of the night, and go south in the winter."

讨厌猫咪的小松先生

"被温柔地爱过也好,被误解也好——"
他说,"总之,这就是我的人生了。"

去年夏天,我们一家搬到了清迈,打算在此长住。租住的社区有二三十年历史,一点儿也不豪华,甚至可以说有些陈旧。但奇怪的是,这里深受外国人青睐,仿佛一个小联合国,住满了来自五大洲、四大洋的人们。傍晚在小区的湖边散步时,总能见到各种肤色的面孔,听到各个地方的语言。

大约是地价便宜的缘故,我的美国邻居把房子建得像座城堡,城堡两侧环绕着漂亮的花圃,花圃中有座爱神雕塑的喷泉。刚搬来时,我把这座白色城堡当作地标,走过城堡右转,尽头处的那栋小房子就是我家。

房东太太的房子在我家隔壁,是兰纳风格的木屋,花园里种了一棵令人叹为观止的龙眼树。她是这个社区的业委会成员，又能讲一口流利的英语，因此对这里的每家每户都了如指掌。

"总的来说，我们这里相当友善。"她说，"除了住在巷子那头的小松先生——你最好当心一些。"

这是我第一次听到小松先生的名字，但是除了名字之外，我对他一无所知。

房东太太说得没错，这里的人的确非常友善。美国邻居家有株经年的老树，看似枯枝，却在热腾腾的空气里渐渐膨胀起来，慢慢坠满了一个个沉甸甸的菠萝蜜；泰国邻居家种满了芭蕉、杧果和石榴；房东太太家的龙眼树也大丰收了——每当谁家的果子熟了，主人便会采摘好了，挨家挨户送去。我租住的院子里也有两棵杧果树，一天赶着一天地结果，来不及吃掉的就会烂在树上。有时一夜之间便有很多青色的大杧果变得黄澄澄的，我就和儿子一道，拿一种一头带弯钩的杆子把它们打下来，再分给邻居们。

半是好奇，半是忐忑，我找个机会装了一篮杧果，去按小松先生家的门铃，儿子跟在我的身后。小松先生家的房子既不像城堡，也不是兰纳风格，反倒有些像我们之前在横滨住过的一栋小房子，小巧而紧凑。他的花园也不似邻居们那样种着柔软的草坪和可爱的果树，而是爬满了杂草和藤蔓，十分阴森。

我按了门铃，但没有人出来开门。

我们在门口等了一会儿，又按了一次，还是没有人。

我和儿子面面相觑，只好离开。可是当我们刚走出几步远，就听到从房子里传来的咳嗽声。接着有人拉开房门，又重重地在我们身后关上了。

我回过头，看到小松先生家的门后有个人影，似乎正不声不响地注视着我们。而他的花园，在午后的阳光下透着一股阴冷萧索的气息。

我把"吃闭门羹"的遭遇讲给先生听，他说这也合情合理，小松先生是日本人，大约日本人都是不喜欢交际的，有着怕给自己和别人添麻烦的性子。

我问他怎么知道小松先生是日本人，他说曾经碰到去小松先生家拜访的义工，从义工那儿听说小松先生不会泰语，所以社区专门委派了讲日语的同乡去探望他。小松先生出生在大阪，后来考取了东京的一所理工大学，成了一名工程师。他现在快八十岁了，却什么都亲力亲为，从修理浴室漏水的水龙头，到开车去购物。之前几年，每到热季，他都要去素贴山脚下的一家疗养院住上一阵，等到凉季的时候再回自己家住。可是随着年龄的增长,他的脾气也变得愈发古怪,常常和疗养院的护工怄气。怄气之后他就打电话到处投诉,所以社区派来的这个义工已经处理过多次投诉,对他的情况非常熟悉。

说起来,他那紧凑小巧的房子也有了合理的解释——极有可能是他自己设计了那栋房子,按照日式的格局。

"吃闭门羹"的小插曲并没有影响我们在清迈的旅居生活。社区就像清迈的缩影,多元的文化在这里兼容并蓄,这座泰北小城的慵懒和善,我们很是喜欢。

然而雨季接近尾声的时候,发生了一件可怕的事。

初到清迈的人可能会惊讶这里蚊虫飞舞的繁盛景象,而蜘蛛和壁虎也是家中常客。夜间的虫鸣有时会到震耳欲聋的程度;早上还总能听到松鼠、山雀和野鸽子的打闹声。有时清晨出门跑步,睡眼惺忪地把脚塞进运动鞋,脚趾会抵到一团又湿又软的东西。提起鞋来抖动两下,就有一只棕绿相间、湿漉漉的大蛤蟆滚落在地。

住了一段时间之后,对以上种种,便渐渐习以为常。可是,没想到有一天,一条蛇顺着围墙溜进了花园。房东太太打电话请物业公司的人过来捉蛇,来人拿一截树枝把蛇挑起来,像扔绳子一样地抡起来扔到了围墙后面。

我非常担心这滑溜溜的客人将来再次造访。几个被称作"老清迈"的华人给我出主意说,养一只猫就不怕院子里进蛇了。于是,我立刻驱车去宠物店买了一只猫。

回家时,我把装着猫的纸箱子从车上搬下来。儿子欢天喜地地把脑袋凑近箱子。房东太太也看见了,便走过来对他说:"恭喜你,拥有了一只小宠物。"

我说:"是啊,这样就不怕院子里进蛇了。"

等她低头往箱子里一看,这才发现是一只猫咪,旋即握住我的手腕,轻声说:"你要是先问过我,我是不建议这么做的。不过既然你已经把它带回来了……"

"这里不能养猫吗?"

房东太太用鼻子指了指巷子那头的房子,"小松先生不喜欢猫咪。"

我这才意识到,我们这条巷子里,每家每户都养着狗,却没有一户人家养猫。然而,日本不是有着悠久醇厚的爱猫文化吗?我不禁对不喜欢猫咪的小松先生再次好奇起来。

"我们这里有二十年没有人养猫了——自从小松先生来了之后。"她说。

难怪这里的松鼠总是肆无忌惮地钻进每一户人家的花园,

有时它们太过大摇大摆，一不留神就从电线或者树枝上掉下来，然后再慢条斯理地攀着树干爬回枝头。

"二十年来都没有人养过猫吗？"我觉得有些不可思议。

"也有人试图养过，但猫总是莫名死掉。你见过小松先生家后院的那个工具房吗？听说里面堆满了毒饵。"

"路过的流浪猫呢？"

"流浪猫总会被小松先生粗暴地呵斥走。"

"他为什么这么不喜欢猫？"我问。

"不知道。他家门口总是放着一排装满水的矿泉水瓶子，因为猫很怕塑料瓶的反光。"

"好的，我会留神的。"

然而猫总要出去玩耍，四处走动。倘若把它关在屋子里，它就会发出轻柔的叫声，祈求你为它开门。如果你对这祈求置若罔闻，它就自己拿锋利的爪子抠开纱门，雀跃着跑出去。

每当猫出门去，我总提心吊胆，生怕它遭遇不测。毕竟，它的存在是一个有些冒险的破例。而儿子也因为偷听到了我和房东太太的谈话，自此之后，总用"讨厌猫咪的小松爷爷"来称呼小松先生。

好在直到雨季结束，猫和"讨厌猫咪的小松爷爷"都相安

无事。随着凉季的到来，巷子口那棵晚熟的百香果树开始一批批地开花又结果。有时来不及采摘，百香果便掉落在地上，被鸟雀啄食，被蚂蚁啃噬，然后再发出酒糟一样的腐坏气味。

有一天，儿子放学回来，拿起带弯钩的杆子玩耍，一路耍到巷子口的百香果树下。我在门廊前的椅子上看书，估摸着再过一会儿就该准备晚饭。突然，儿子小脸通红，上气不接下气地跑回来扑到门前，结结巴巴地说："不好啦……不好啦！"

我问："怎么了？"

他又急又怕，嘟囔着说："我摘了几个百香果，讨厌猫咪的小松爷爷走出来，叽里呱啦、叽里呱啦。小松爷爷生气了！"

我笑了："你又听不懂，怎么知道他生气啦？"

儿子的眼泪在眼眶里打着转说："他说话的时候没有笑眯眯。"

我合上书，站起来，朝巷子口望去，根本没有小松先生的影子。如果这真是小松先生的果树，那我应该带着儿子去向他道歉。但考虑到小松先生之前的态度，如果贸然上门，估计又要吃"闭门羹"，于是我决定先去向房东太太讨教。

"那棵百香果树就是小松先生种的呀。虽说种在公共区域，但他也是不许别人随便采摘的。"房东太太无可奈何地说。看样子，脾气古怪的小松先生也没少让这些和善的邻居吃苦头。

房东太太还嘱咐说:"小松先生不喜欢被打扰。尽量不要去打扰他为好。"

第二天早上先生准备送儿子上学时,竟然发现他的书包不见了。大概是昨天傍晚掉在百香果树下了。

先生带着儿子去寻,回来的时候脸色却有些异样。

"没有找到吗?"我问。

"倒是找到了。只是……"他把书包递给我。

我接过来,感觉有些坠手。打开一看,里面是些果子。我把果子一一拿出来放进盘子,有一串青绿色的芭蕉、两个石榴和七个熟透的释迦果,另外还有一张纸条,用英文工工整整地写着:"百香果树打了除虫药水,勿食。"

"书包就挂在小松先生家的栅栏上。"先生补充道。

第二天,我带上一包朋友在清迈山上种出来的越光米,又去按小松先生家的门铃。这也是我来清迈之后才逐渐学到的门道。虽然同属亚洲稻米,但泰国香米是籼米的一种,由印度传入;而日本稻米则与东北大米更类似,由中国传入。两相比较,泰国香米的口感远不如日本稻米。在日本米中,又以越光米口感最佳。这名字其实还与中国有关,三千年前中国稻米传入日本,当时的日本将中国尊称为"越",因此光泽莹亮的上等大米就被称作"越光米"。我想对于米饭口感挑剔的日本邻居，这是一份再合适不过的礼物了。

依旧是等待半天也没有人来开门。我正要转身离开，门开了。小松先生从屋子里走出来，慢慢踱到了栅栏边。

我第一次见到传说中的小松先生本人。他身材矮小，但腰板挺得很直，满头银发，灰色的衬衫一丝不苟地扎在卡其色裤子里，整个人看起来算是那种非常精神的老年人。

"打扰了。"我说，"谢谢您的水果。这是一些今年的新米，请您尝尝。"

小松先生已经站到了栅栏旁，但是他并不伸手拉开栅栏，而是将双手抬起，越过栅栏，朝我伸过来。我将米递给他。他慢慢吐出一句日语："谢谢。"然后转过身，走回了屋子里，关上房门。

我猜他真的是一个不爱交际的人吧。在这之后，我也没有再去打扰过他。

而猫是不管这些的。

整个社区都是它的乐园。清晨我出门跑步的时候，它总一路跟着我，走过巷子口之后，便挨家挨户钻进邻居家的花园去玩耍；傍晚回到家中时，背上总是裹满了枯萎的刺苹果，肚子和尾巴上粘满了刺虎和别的什么野花野草的种子。有时它也钻进小松先生家那个偌大阴森的花园，或在灰黄的杂草间匍匐，或在斑驳的藤蔓间小憩。我这才发现，不知什么时候，小松先生家门前已经没有了那些装满水的塑料瓶子。

凉季开始之后，天黑得越来越早。到了十月底，六点吃完晚饭，如果不抓紧时间出去散步，天很快就黑尽了。于是，我们不得不常常就着月光散步。这种全家运动，自然也少不了猫的参与。它会一直跟着我们散步到湖边，像狗一样如影随形，又不像狗那样需要系上绳子。

仿佛我们之间默默订立了某种古老神秘、若即若离的契约。

有了猫之后，的确再也没有见过蛇的踪迹，但却偶尔会在门口的地垫上发现一颗血淋淋的雀鸟的头颅，家中的壁虎也十有八九是断尾的。

猫每天进进出出，怡然自得。这样一个冷血杀手，却长着柔软的皮毛，有着酥人的叫声。大自然的造化真是神奇。倘若蟑螂也长着这样一双大而明澈的眼睛，有着毛茸茸的皮囊，家里住进几个来也无妨吧。

清迈没有寒冷的天气，所以为猫准备的猫窝它从来不睡。猫最常打盹儿的地方，是厨房的角落，在那里可以望见花园，晒到太阳,并且不会挡住任何人的去路。自从养了猫之后,我总爱在空闲时观察猫。无论看到它睡觉、吃食、眯着眼睛等待鸟在花园落脚,还是叉着腿舔毛,都会觉得自己也跟着变得放松起来。不得不承认,尽管猫有着不为人知的一面,但和猫住在同一屋檐下,是一件非常安心和惬意的事情。

我愈发不理解小松先生为什么讨厌猫咪了。对于独居的人来说,猫是再适合不过的伴侣。

再次和小松先生接触,是因为有一天,房东太太过来敲门,问我礼拜六能不能开车送小松先生去山脚的疗养院。一般来说,凉季他是不会去住的,但今年他的腿脚愈发不灵便了,想早一点住过去。原本房东太太答应送他,可是突然接到朋友女儿的结婚请帖,周六要去一趟清莱山中。

周六早上,我在约定时间把车开到小松先生家门口,他已经站在院子里了。小松先生所有的行李只有一个小小的手提箱,他坚持要自己提上车。

"以我的年纪,在日本坐电车是要给老人让座的。"他固执地说。

的确,未满八十岁的老人给八九十岁的老人让座,这在日本不算什么稀奇的事。我们一路上都没怎么说话。好在清迈的山间景色非常漂亮，凉季里层林尽染，我们便以路途上的美景打发了一阵时光。

到了疗养院，小松先生需要在前台签署一堆文件。

前台的接待员耸耸肩说："其实只要签英文就好，可是小松先生一定要写汉字全名。"

我看了看，小松先生在每一页都工工整整地写上了"小松实"[①]三个汉字，这样等他签完一叠文件，足足过了十多分钟。

在此期间，接待员还非常神秘地靠近小松先生的耳朵，悄声对他说："前天下午，你的猫又去巴颂太太的枕头上睡了一会儿。"

我不禁吃了一惊。原来小松先生也养猫？

"这是第三次了。"接待员又说。

我正想开口询问，却看见小松先生抬起眼睛和接待员对视了一秒，接着两人便心照不宣地闭上了嘴——对于小松先生居然有猫的事，我也无从打听了。

签好文件之后，小松先生从接待员那里领过钥匙，微微一弯腰，对我说："请跟我来。"接着他提着手提箱，走到了一扇房门前。

---

① 此处"小松实"的名字，致敬了一位日本的科幻小说家小松左京。小松左京在晚年时曾养过一只泰国暹罗猫。

小松先生打开房门，里面是一个带阳台的单间，靠着落地玻璃的地方放了一张床。此外，房间里还有一个衣柜、一张桌子、两把椅子和一张沙发，进门处有一个卫生间。

这个房间散发着和小松先生一模一样的味道。他应该就是这里的主人没错了。

"听房东太太说，你是一位图书翻译？"小松先生跪在地板上，打开了手提行李。里面有一个工具箱，还有几本书。

我点点头。

他从箱子里拿出那些书，递给我说："你拿去看吧。"

我低头看了看，是几本英文小说：雷·布拉德伯里[①]的《华氏451》《浓雾号角》，老舍[②]的《猫城记》。

"谢谢。"我说，"我很喜欢这两位作家。"

小松先生站起来，走到墙边，提了提裤腿，慢慢地陷坐到了沙发上，"在我的房子里还有几本菲利普·迪克的书，如果你想看可以去拿。"

我本来可以说一声"谢谢"然后离开，可是不知道怎么

[①] 雷·布拉德伯里（1920—2012），美国著名科幻小说家，著有《火星纪事》《R代表火箭》。

[②] 老舍（1899—1966），原名舒庆春，《猫城记》是他写的一部科幻小说。

的，从我嘴里说出来的话却是："您知道吗？菲利普·迪克非常喜欢猫。"

其实不只是菲利普·迪克，雷·布拉德伯里和老舍也是出了名的爱猫。

小松先生没有说话，但是他轻轻地点了点头，似乎作为一个"讨厌猫咪"的人，并不介意我刚才的话。不知道是不是我的错觉，在听到"猫"这个字眼的那一瞬间，他的眼里闪过一丝不易察觉的悲伤。

如果你没有看过菲利普·迪克的小说，或许至少听说过根据他的小说改编的电影。《银翼杀手》《全面回忆》《少数派报告》《命运规划局》……猫在他的小说里有着非常特殊的地位，他本人的墓碑上就刻着一只猫头。而雷·布拉德伯里呢，他也是出名的猫痴，一生养过二十多只猫。

是出于某种巧合吗？小松先生收集了三位作家的小说，而他们刚好都非常爱猫。

这时，门外突然来了一位泰国老太太，身后还站着三位老人。

"小松先生！"老太太用很大的嗓门说，"请把你的猫带走，没人想看到它出现在这里！"

小松先生恭敬地站起身——或者说是冷漠疏离地站起身——

他走到门口,一个字也没有答,而是九十度弯腰朝泰国老太太鞠了一躬。

老太太显然有些手足无措,她怔怔地看了一眼小松先生,枪炮般的话都憋回了肚子里,变成泪水从眼眶里涌了出来。

小松先生直起身,握住老太太的手。他郑重地在老太太手上拍了拍,老太太身后的三位老人摇了摇头,把她扶走了。

这一幕看得我丈二和尚摸不着头脑。而我和小松先生的谈话也因此戛然而止。

回到家之后,我在晚餐桌上讲起了疗养院的奇事。

"这个啊,疗养院的那只猫好像还挺出名的。"先生说,"我听说那是一只了不得的猫。"

原来自从小松先生前几年住进疗养院,那只猫就出现了。像清迈所有的猫一样,它总是来去自如,怡然自得。可是,偶尔它会跳上某个老人的床,在枕头上打一会儿盹儿。但谁也不知道猫是怎么溜进房间的。最让人费解的是,要是猫连续三次在谁的枕头上打盹儿,过不了多久,被猫光顾过的房间主人就会被查出疾病,有的是不治之症,甚至没几天老人就会去世。

护工和老人们发现了这个秘密,都觉得这只猫非常不吉利。但奇怪的是,讨厌猫咪的小松先生却反对赶走这只猫。不知道他使了什么法子，院长也对猫的事睁一只眼闭一只眼。在小松先生的坚持和庇护下，猫依旧住在疗养院。它像一个从不失手的死神，总是准确地预测着疾病与生死。

只有一个例外，那就是小松先生。

猫常常出入小松先生的房间，但他却除了咳嗽、顽固和腿脚不便外，并没有什么大碍。

后来，人们都管那只猫叫作"小松先生的猫"了。

我再次见到小松先生，是今年年初，凉季结束、热季开始的三月，他从疗养院回到家中。

清迈当地在三四月份时会烧山，天空中低浮着一片浓重的灰烟。在此学习、度假或是养老的外国人于是纷纷逃回国躲霾，先生也带着儿子回中国省亲去了。我在这样的时节里，应景地读完了《浓雾号角》。

有一天清晨，一辆车在一片灰蒙蒙中驶入我们的巷子，停在了巷口。车上下来的是小松先生，他依旧穿着灰色衬衫，衬衫的衣角整齐地扎在卡其色裤子里，提着那只小小的手提箱。

小松先生没有像别的外国人那样，为了躲避三四月烧山的浓烟而飞回自己的故乡。邻居太太说，二十年来几乎从没有见他回过日本。

我猜这和他的猫有关。

有猫住，不远行。

自从养了猫之后，我也几乎没有离开过清迈。不过如果我在清迈住上二十年而没有回过故土，应该早就会说一口流利的泰语了吧。小松先生却还只是固执地讲着日语，以及他在东京求学时学到的英语。到底会是什么样的原因，让一个人在年过半百之后远离故土这么多年？日本对他来说，又是怎样一个回不去、舍不掉的存在？

难挨的热季结束之后就是最舒服的雨季。下过几场雨，空气也变得格外清新了。候鸟般的外国人都飞回了清迈。我坐在门廊前看的书，也从《浓雾号角》，变成了《雨一直下》。

重新回到清迈的儿子，个头也比去年刚到此地时高了不少，像猫一样，终究敢于自己出门去，在邻里间玩耍和撒野了。他的泰语也日渐流利，有时甚至会在邻居家里混顿晚饭。在家里聊天时，偶尔也会夹杂着英语和日语——像猫一样，他一定也没少擅自溜去小松先生家。

有一天，儿子跟着我去小松先生家还书，小松先生破天荒地拉开了栅栏，邀请我们进去坐坐。

穿过他那斑杂凋敝的庭院，我们进入了那栋小小的房子。

与庭院截然不同的是，房子内部窗明几净，一切都归置得井井有条，如同他在疗养院的那个整洁的房间。

小松先生用一个漆盒装了几样非常精致的点心和果子，邀请我们吃。

"小松爷爷有和拉普达机器人的合影。"儿子边吃边说。

"你怎么知道？"我问。

"不信让他给你看。"他说完，便用磕磕巴巴的日语请求小松先生拿出相册。

小松先生并没有推辞，他转身走进一个房间，过了一会儿，手里拿着一本大大的相册出来了。

小松先生坐在沙发上，和儿子头挨着头，翻看着相册。他脸上不时露出的由衷笑容，给我一种他在含饴弄孙的错觉。小松先生一边翻着相册，一边介绍说，自己年轻时是医药公司的工程师，去世界各地出差，修理公司卖出去的医疗器械。二十世纪八十年代末，他甚至到过北京，在那里修理了两个月的机器。

"我爬上了长城，还看了故宫。不过那都是三十多年前的事情了。"

相册里除了小松先生在世界各地出差的照片，还有一些合影。我猜那是他的家人。突然，我发现照片里有一只猫。接着，又发现了一张有猫的照片。随着翻看相册，越来越多的猫出现在照片上。

"那是爱子。"小松先生指着照片上的一个女人说，"她很爱猫。"

我这才了解到小松先生其实是有妻子的，他甚至还有一个儿子，现在仍在日本，已经结婚生子。

二十多年前，小松先生的妻子罹患癌症去世了。在医药公司干了大半辈子的小松先生，却没有办法让爱子起死回生。从那之后，他发现老家的房子再也不能居住，因为那里的每一寸砖瓦和木板都充满了悲伤的回忆。

随着祖屋日渐老朽，一部分回忆枯竭死去，慢慢不再能伤害到他；而另一部分回忆则在褪色的房子中找到了活下去的办法——与妻子相关的点滴，都寄生在了屋子里的几只猫咪身上。

"有一天，我打开冰箱，看到爱子为猫做的便当，才突然想到，她已经不在世上了。以后，都要由我来喂猫了。"

在为爱子养的猫陆续送终之后，小松先生埋葬了最后一只老死的猫，卖掉了老屋，来到了清迈。他的儿子不理解父亲背井离乡的行为，之后又有了自己的家庭，从此父子间的联系越来越少。

没有了爱子，没有了房子，也没有了猫，这就是小松先生二十年来几乎从不回去的原因。

"可是为什么又开始在疗养院养猫了呢？"我问。

"我所工作的那家医药公司，一直在探索基因检测和疾病预防。"小松先生说，"只是晚了一步，否则，爱子的癌症应该可以更早被发现。"

几年前，小松先生在日本的母公司研发出了一种基于基因检测和人体扫描的医疗器械，还没有大量投入临床使用。小松先生赎出了他全部的企业年金，买了一台试验机。他把这台试验机捐献给了清迈的疗养院，这样可以尽早筛查和预测老人们的疾病。

然而，这台冷冰冰的机器让人十分恐惧，老人们非常害怕甚至抵触用这台仪器来做身体检查。

疗养院里有一个乐观开朗的英国老兵，人们都管他叫"老约翰"。有一次，在机器宣布老约翰确诊为不治之症之后，他笑着对小松先生说："如果非要有一个地狱使者来告诉我什么坏消息，我宁愿它是一只猫。"

不久，老约翰离世了。小松先生的身边，也开始有了一个小小的手提箱，那里面装满了他的工具。

讲到这里，小松先生站起身，用低沉的嗓音说："请跟我来。"

他带我来到了后院的工具房,那是一间斜搭在院墙上的小木屋。用来建造木屋的木板向阳的一面都泛着黑色,背阴的一面则爬满了深绿的苔藓。

小松先生打开木屋的门,请我参观。

里面是一张木质的工作台,墙上挂满了各种工具。我仔细打量了一番,这里头并没有邻居太太口中的"毒饵"。我猜那些"二十年来社区里的猫总是离奇死去"的传闻,也是一种误解罢了。

不过在那工作台上,倒是躺着一只猫。

猫像死去了一样,纹丝不动地趴着。

小松先生走过去,轻轻地抚摸了一下猫的背脊。他的动作是那么轻柔。

一阵机械的哒哒声之后,猫睁开眼睛,站了起来。

它用头顶和脖子蹭了蹭小松先生的手,然后灵巧地跳下了桌子。

"所以您是把试验机改造了吗?"我目瞪口呆,"改造成了猫的样子?"

小松先生像个孩子一样倒背着手站在那里看着我,露出一个微笑。

"我已经过了知天命的年纪，七十多岁的人和年轻人，对生死的认识自然是不一样的。"他喃喃地说。

随着时光荏苒，岁月流转，他已经在心里放下了悲伤。

讨厌猫咪的小松先生，为他疗养院的老友们制作了这样一只"猫"。

"被温柔地爱过也好，被误解也好。"他说，"总之，这就是我的人生了。"

猫走到我的身边，轻轻地蹭着我的脚。

那是猫这种动物才能带给人的特有的触感，温暖、柔软、顺滑。

除此之外，还有一些说不清的东西。

我想起了月光下和我们一家散步的猫。想起了这一物种和我们人类之间默默订立的某种古老神秘、若即若离的契约。

"不，您的人生不止如此。"我笑了，"以您的年纪，在日本坐电车是要给老人让座的。"

在这木质的工具房门口，小松先生，我，还有猫，静静地站在阳光下。

自此之后，雨季结束，凉季开始。新的循环，顺应着斗转星移。

一个灰蒙蒙的清晨,一辆车驶入了我们的巷子,停在了巷口。车上下来的是一家三口。他们从车上搬下来不少箱子,其中一个航空箱里,有什么东西在呼哧呼哧喘息。

透过箱子上的孔洞,一双海水般的眼睛朝外打量着。

这一家子按响了小松先生家的门铃。

我站在院子里,透过杧果树的枝叶,看到巷子尽头的栅栏打开了。

身材矮小的小松先生走出栅栏,一一拥抱了他们。

四个人一齐把所有的箱子搬进了屋子。大人把箱子拆开,孩子从里头抱出来一只猫。

不出所料,没过五分钟,小松先生过来敲门了。

"希望您不要生气。"我说,"是我通过在日本合作的编辑朋友,打电话与您儿子联系的。但愿这对您来说不是什么坏消息。"

"不。"小松先生用日语说,"谢谢你。"

接着他朝我郑重地鞠了一躬,用英语说:"这一次,猫带来的是好消息。"

我们相视一笑。

嗯,毛茸茸的、温软的、喉咙里会发出咕噜咕噜声的猫,有时也会带来好消息的。

告别

舞子坐在摇摇晃晃的灵车上,看着乡道边的一棵棵树从车窗外掠过。她突然有一种感觉,那就是她真真切切地感到一生中挚爱的人,总是无可挽回地以各种方式与自己告别。

金泽身上有着这个国家"战后一代"的很多特征。

他叛逆、迷茫、自负而悲伤。

与其他人不同的是,他笃信自己是确有才华的一个。然而这种笃信又反过来加重了他的迷茫与自负,他变得愈加叛逆而魂不守舍了。

所以,当金泽在回到三重县东部这个僻静的乡野,看到海边学习潜水的舞子的那一刻,他就觉得自己的内心被击中了。

某种坚实的却又柔软的东西,让他突然变得不再自信了。

这是一种无比奇妙的转变,不自信的金泽在名叫舞子的少女身上找到了一种连自己都无法解释清楚的、奇妙的自卑感和安全感。

那时的舞子，跟在一群年纪约莫四十岁上下的老海女身后，登上了一块海岸边的礁石。大约是初春的天气，所有的人都裸露着上身，在那儿往脸上、脖子上、胸脯和后背上擦油。老海女们依次下到海中，而舞子却独自一人坐在了礁石上，往海浪里伸出一只脚。她的腰上缠着一块棉布，奇怪的是金泽怎么也记不起来那块布的颜色。它们在金泽的记忆中有时候亮得如同白昼，有时候又黑得深不可测。

然而他永远记得那个坐在礁石上朝着海浪伸出一只脚的舞子，她的手臂撑在礁石上，身体前倾，头发贴在后背上漆黑得如同一朵夜间缓缓开放的花。她低头看了一眼海浪，又仰起头看向了高高的天空。

天空中什么也没有。

舞子就保持着这样的姿势，仰头坐着。她坚挺的乳房沿着手臂描出一条柔和的、向上的线条。她的肩头也是这样的线条，浑圆、坚实、向上。不只是肩膀，她的背部、臀部、弯曲的膝盖、被海浪轻吻的脚踝，都是那样的线条。

它们一波一波地朝着天空翻涌着，像海浪一样。

年轻人立即就被少女身上的这些线条无声地击中了。

即使舞子已经与一位青年有了婚约——这位青年是舞子祖父家的一位远亲，和金泽一样曾经在英国留学，不同的是金泽学习的是艺术而他学习的是外科手术——金泽还是毫无保留地向舞子表达了自己的感情。

不出意外，他们成了恋人。

有一天，他们牵着手路过一条陷在砂砾中的渔船。这是一种大约三米长的小船，一般只在近海水浅的地方用。船夫不知道出于什么原因，放下手上正在修补龙骨的活计离开了。舞子调皮地爬上船，躺在晒得干燥而温暖的甲板上。甲板的一头堆满了介于干燥和湿润之间的渔网。

金泽站在砂砾上，扒在船尾低头看舞子。

他的嘴唇对着舞子的额头，而舞子的嘴唇则对着他的额头。

十六岁的少女闭眼躺在阳光下。她的脸庞饱满而略带红润，那是一种生活在大海边的人特有的、充满活力的美。她的睫毛漆黑浓密，脸上竟然还有金色的、细小的绒毛。这些绒毛从舞子的发际一直延伸到两鬓，再到嘴唇四周。金泽忍不住俯下身。

这是他们第一次亲吻。

舞子的祖父一开始极力反对，后来得知外科医生也在他乡与一位姑娘相恋了，便默许了金泽和舞子的交往。

1968年，两人在三重县的鸟羽登记结婚。金泽穿着三件套式的黑色西装，舞子则穿着黑色的和服正装，头上的帽子是插着绢花的白色礼帽，那帽子完全的英式作风。这样的结婚照现在看起来怪怪的，在当时却是时兴的搭配。

之后的事情无非是长女千代出生，不久又夭折。

接着长男和次男相继出生。

次男十二岁时跟人去潜海，后来一直没有再上岸。

一开始男人和女人都帮忙寻找。过了三天，男人们便不再潜海寻找了。只有那些与舞子熟识的海女会在挖珍珠蚌的时候帮她留心是否能在海底发现次男的踪迹。

过了半个月，人们渐渐不再谈论这件事。

还在寻找次男的人，就只剩下舞子一个。

舞子每天都去次男消失的地方寻找，她潜到海下，直到无法换气才又浮出海面。她这样反复寻找了两个月，直到随着冬季来临，大海渐渐变得冷酷起来。第六十多天上头，舞子回到家中，对金泽说她在海底看到了次男。太久不见，次男的身形仿佛变得比原先小了。

金泽什么也没有说。

大海越来越冷。舞子终于不再去寻找"还可能活在海底"

的次男。她开始向别人描述她最后一次潜海的所见。

人们说是水蝠捉住了那孩子，让他再也没法浮上来换气。舞子在海底看到的，不过是那只吃了次男内脏和骨肉的水蝠，披着次男的皮囊捉弄人而已。

舞子却决定等到季节转暖之后，再去海底寻找。寒冬里无法潜海的日子，她每天带着饭团去海边。回来的时候，装饭团的篮子空空如也，因为"怕次男饿着"。然而没有等到春天，金泽就带着全家搬去了自己的老家，三重县北部的汤之山。从此终其一生，舞子都再也没有靠近过大海。

汤之山的生活比海边更清净。最热闹的时候，不过是在家中围着暖炉坐着，金泽、舞子和长男三人，一同听远山上传来寺庙里除夜的钟声。

也许是远离大海的生活治愈了舞子。她不再提起潜水，也不再提起次男。

几年后，长男滨贺离开了这座由他的父亲狩野金泽亲手搭建起来的祖屋。他娶了一个名叫桑子的奈良汤屋老板的女儿，入赘到了奈良的高畑町。

因为入赘的事，狩野金泽和滨贺完全断绝了往来。舞子在滨贺婚后一年曾到高畑町去小住，回来之后对金泽说了许多关于新婚夫妇的好话。父子俩的关系似乎有所缓和。

又过了几年，滨贺带回来一个襁褓中的婴儿。岳父家的汤屋在地震中倒塌了，所幸当时两位老人不在屋内。然而产后身体虚弱的桑子却被埋压在木梁和瓦砾之间。救出之后勉力哺喂了婴儿一些日子，但身体好像完全垮掉了。病恹恹地在床上躺了半年，最后还是不行了。

失去了妻子的滨贺把未满周岁的儿子带回了汤之山。金泽和舞子不敢问他这件事是否和桑子的父母商量过。他们提心吊胆地带着这个名叫"桑"的孩子生活，总觉得某一天会有两位老人来到眼前，把孩子带走。

孩子两岁的时候，舞子和金泽商量，替孩子改名为"楠"。

即使如此，舞子的内心还是常常感到不安。好在滨贺渐渐从失去了妻子的潦倒中振作了起来。他改建了父亲建造的祖屋，开始了汤屋的经营。一楼做成招待客人用的和室跟汤池，二楼挨着楼梯口的是滨贺和楠的房间，尽头则是金泽和舞子的卧房。

三世同堂的生活弥足珍贵。舞子每天都活得小心翼翼，她不敢想象这样的生活如果发生了改变，自己会不会也像可怜的桑子一样垮掉。

然而世间的一切都是会改变的。肥沃的农田会被怨灵依附而变成病田,贫穷的人会因为卖给了山姥清酒和大酱而交上好运。强壮的人会变得老迈,浑浑噩噩度日的人也会有变得振作的一天。

温柔的人也是会改变的。

随着年纪渐长,金泽变得沉默而固执。

他会忘记早餐时吃过什么,也会站在玄关口的台阶上寻找就在眼前的木屐。

一开始这仅仅被认为是罹患老年痴呆的前兆。然而他的年纪并未到老迈的程度,舞子也还十分硬朗,所以没有人料到后来发生的事。

金泽的病情恶化得比预想的要迅速。他变得越来越爱发脾气,无端地骂着奇怪的话,身体也大不如前。他随身带着一个小本子,用速写本的纸裁成。本子的头上还系了一根绳子,拴着一支笔。在长期的昏霾和偶尔的清醒之间,金泽养成了在本子上记录的习惯。然而渐渐他连一些平假名也写不准确了。他开始用画的形式记录。

有一次舞子无意间发现金泽的本子里画着一个长发的年轻女人。女人赤裸地坐在那里。

舞子为此独自恼羞和伤心了好一阵。

金泽的记忆变得不可捉摸。他常常会忘掉最近发生的事，却对久远的过去记得无比清楚。他逐渐遗忘了一起居住在汤屋之中的亲人。首先是楠，接着是滨贺。最后，他只认得舞子一个人。

有些夜晚，他会独自起身走到楼梯口那里，拉开滨贺和楠房间的移门，看着熟睡的俩人叹气。他委屈地向舞子抱怨家里住进了陌生的远亲，口气就像一个十四五岁的少年。

他的生活逐渐被坐在玄关外高出地面的木阶上画画和发呆占据。无论他在本子上画什么，舞子都小心地避开。

有一次，舞子在院子里劳作，回头的时候发现坐在台阶上的金泽正看着自己。金泽的那副神情，仿佛他从来未曾混淆过记忆一样，安详、温柔，甚至还有一丝光芒在他眼中闪烁。舞子走过去，在金泽身边坐了下来。

他们手握着手，在台阶上静静地坐着，谁也没有说话。

夕阳橘色的光从栅栏外的山林间斜斜地射过来，眼前的一切都被镀上了一层蜂蜜一样的色泽。

"第一次见到的你，浑身也像是涂了蜂蜜一样。"金泽突然说。

舞子看了他一眼。她倒不记得两人第一次见面时的情形了。

在记忆上输给一位记忆方面的病患，没有比这更奇怪的事了吧。

在那次之后，金泽的头脑和身体就变得越发的坏，而且再也没有好起来过的时候。

滨贺经营了几年汤屋，又重新组建了家庭，搬到了大阪。

一开始他偶尔回来，看望金泽、舞子和楠。然而金泽已经完全不认识他。楠对于再婚的父亲也感觉非常陌生。后来，滨贺不再回汤之山了。他寄钱给舞子，留言说："楠就拜托了。如果他将来上大学，我会尽力资助。"

刚刚过完五十五岁生日，金泽就去世了。

舞子给滨贺发了一封电报，没有收到回音。

老家的亲戚们倒是来了八十多人。丧礼算得上隆重，每个人都参与了翻捡骨骸，最后由楠抱着装满骨骸和骨灰的坛子坐上了灵车。

灵车朝着墓地驶去。一路上经过了大片的农田。舞子坐在摇摇晃晃的灵车上，看着乡道边的一棵棵树从车窗外掠过。

她突然有一种感觉，那就是她真真切切地感到一生中挚爱的人，总是无可挽回地以各种方式与自己告别。

然而她的内心并不像年轻时那样恐慌，或者中年时那样小心。她总觉得有某件事，在某个时间、某个地点等待着自己。

这样一种难以名状的使命感支撑着她。她并没有像自己过去担心过的那样垮掉。

这种奇妙的力量到底从何处涌动出来？也许是一段尘封的往事或者心结，又或许是死亡吧，坐在灵车上的舞子这样想。

回到家中之后舞子和楠一起收拾二楼的卧房。楠发现了祖父生前总是随身携带的那个小本子。

里面记着支离破碎的话。

在那个坐着的裸体女人画像旁边，金泽画了一张布片似的东西，似乎不止涂抹过一次，已经看不出来布片原本是白色还是黑色了。布片旁边，他写着："这碎片，送给你。1966，伦敦。"

在他生命中最后的这几年，一定对自己时好时坏的记忆感到无比痛苦与沮丧吧。在生命中总是与挚爱的人在做着告别的人，其实不止舞子一个啊。

只是每一次，当有人从他们的生命里告别，金泽总是站在舞子身旁，支撑着她。

现在，他意识到或许有一天，自己将不再能站在舞子身旁，勉慰她的所失了。

他竭力抓住每一个清醒的契机，在本子上写下自己觉得重要的事情。

分散在不同页面间看起来杂乱无章的日期，是家人的生日。

还有一些数字，大约是老家亲人们的香奠帐。

间或有些话，仿佛是写给舞子的：

"对不起。"

"又惹你伤心了。"

"即使没有我，将来也请照顾好自己。"

"第一次见到的你，浑身就像是涂了蜂蜜一样。"

借由金泽生前写下的这些话，舞子的记忆之路与他的交汇了。她终于能够看到金泽脑中的世界。

即使因为疾病的困扰而变得凌乱不堪，那个世界却仍然努力地保持着温柔。

2003年，在金泽过世四年后，从来没有离开过汤之山的舞子，远渡重洋去了一次法国巴黎。

在那里，她看到了一个七十岁的女人的艺术作品《切片》（*Cut Piece*）。

那个叫作小野洋子的日本女人，笔挺地坐在台上，请求人们走上前去剪下她的衣服，直到她一丝不挂。

"来吧，剪下我的衣服，随便哪里；每个人剪下的面积不要大于一张明信片，并请将这碎片送给任一个你爱的人。"她说。

舞子之所以专程前来看这场表演，是因为金泽曾经在1966年的9月，在伦敦看过《切片》。那时候，小野洋子33岁，金泽22岁，舞子15岁。

这一年两人还没有相遇。而在弥留前错乱的记忆里，金泽将那1966年的碎片剪下，送给了1967年才遇见的舞子、共同生活了三十余年之久的舞子。

舞子并不懂什么艺术，也从来没有和金泽有过任何关于艺术的交流。然而此时，当她看着台上一丝不挂的小野洋子，突然好像就看到了自己的大半生时光在那个日本女人身上流过。

她看到了一个坐在海岸边礁石上的自己。

朝着海浪伸出一只脚，手臂撑在礁石上，身体前倾，头发贴在后背上漆黑得如同一朵夜间缓缓开放的花。年逾五十的舞子看到了十六岁的自己。

十六岁的舞子低头看了一眼海浪，又仰起头看向了高高的天空。

天空终于不再是空无一物的了。

白狗

她的手指碰触到他颈部的那个印记，这是在上一次告别之后，她离那个有着白狗文身的女孩最近的一次。仿佛两个有着同样题目的谜语，凉子告诉自己，只要解开其中一个，就能解开另一个了吧。

下过初雪的院子里，和尚蹲在地上洗鱼。

鱼的肚子已经被剖开，白亮的肚皮和积雪一个颜色。鱼有一尺多长，和尚拿右手的拇指和食指牢牢抠住鱼嘴跟鱼鳃，左手麻利地往鱼身上抹了几把雪。

他休息了片刻，又探手进剖开的肚皮掏空了鱼腹。和尚把掏出的红的白的都盛进了一个陶瓷盆里，大约是打算用来喂寺里的那只狸花猫。

洗完之后，和尚站了起来，将鱼顺手甩了一下。

鱼的背脊是青灰色的，像这寺院老旧的院墙的颜色。不过，其实那鱼脊跟寺院屋顶的瓦片的本色更相近。然而此刻屋顶已然白茫茫一片了。

和尚原本正要提着鱼进屋，却又在院子里站住了。他既不说话，也不迈步，仿佛脑后长了一双眼睛，这双眼睛正朝着院门外打量。

凉子这才从青灰色的墙根下走了出来。

"请问，是渡部师父吧？"她问。

和尚转过身，看了看她，点了点头。

"我是从东京来的凉子。"凉子微微鞠了个躬说，"人们说您可以与'那边'的人通话，是吗？"

不等和尚开口，凉子又说："我想请您帮我和一个……'那边'的人通话。一切拜托了！"

一大早从东京坐JR东海道新干线到名古屋，再转一个小时近铁，就到了三重县的汤山车站。然而从汤山车站出发去铃鹿山脉的深处，却要在大巴上坐两个钟头。再爬上半山腰的琉璃寺，已经是下午四点的光景。

冬日里天黑得早，琉璃寺的和尚已经在准备晚饭。

凉子站在院墙外，透过半掩的门朝里看着。她看到和尚从一口水井里提了水——那井大约连着温泉，水还是活的，蒸腾起浅白如魂魄的热气。和尚看起来有些像留着九十年代发型的福山雅治——比凉子想象的年轻一些。

凉子不知道应该如何出现,如何开口。

十岁的时候,凉子罹患上一种奇怪的病症,那就是无法与任何一位男性说话。那一年她的父亲去世了,这对幼年的她来说是一个沉重的打击。即使母亲在父亲去世后很快再婚,继父的出现仍然没能给凉子父爱的慰藉。

十五岁时,凉子的母亲已经绝望得想要放弃对她的医治,凉子已经五年不曾与一个男性说话,包括同一屋檐下的继父。这个时候凉子的母亲意外地得知了一个"偏方",或者可以说是一种令人难以置信的"神奇门路"。

那就是送凉子去当"JK睡美人"。

母亲把凉子的照片带去在新宿的某家JK服务店登记,没几天那家店就来了电话。是个三十多岁的男经纪,语速很快,但并未削减那声音里故作的亲切分毫,好似培训机构的电销顾问。

那个时候"JK散步"刚刚被明令禁止,脑筋转得极快的服务店老板们又想出了"JK睡美人"这样的新业务。

所谓"JK睡美人"广告,一开始也是夹在一大堆花花绿绿的宣传单里,以"完全不涉及性服务"这样无害的面目出现在居民们的信报箱里的。服务店开出比女高中生穿着制服陪客人散步更高的时给,并且还提供私人司机接送。而女高中生只要去客人指定的房间里,喝下一杯放在床头的饮料,然后倒头睡一觉就行。

"去睡一觉就好了,又不会真的怎么样。各式各样的男人见多了,慢慢就能对男性开口说话了吧。"

熟人是这样对凉子母亲说的。

那个男经纪也是差不多的论调,一再保证"又不会真的怎么样"。

不过,出于对安全的考虑,每次服务店来电话派遣凉子出张,母亲也会坐上车同去。一般她会在隔壁的房间待着,然后等到业务结束,再和凉子一起坐车回家。

男经纪一开始表示这样很坏行规,坚决不能如此。但后来还是同意了。

而凉子那奇怪的顽疾,也竟然真的有了起色。

大约一年以后,她已经可以在每次醒来时,和身边的客人打招呼了。

不过,疗愈只完成了一半——她只能和陌生的男人说话。

如果一个男人是第二次见面,她就没法开口。

好在服务店的客人登记系统很完备，JK工作者们也像魔术师礼帽里不停喷涌出来的花球一样繁多又活泼得令人眼花缭乱，凉子基本上不会遇到同一个客人第二次。

十七岁，她考上了离家不远的一所大学，搬了出来。

十八岁，对于这一行来说，已经完全没有年龄上的优势了。凉子常常趴在天桥的栏杆上看着那些穿梭在新宿风俗街的高中女生们——眼睁睁地看着她们鲜嫩得如同放在水龙头下冲洗的草莓，而自己却已经老了，是从内心丧失了水分的那种老。

不到二十岁的凉子有时候会错觉自己已经老得支离破碎、时日无多。

直到有一天，她遇到了一个人。这个人，让她想要开口说话。

不仅是说话，还有交谈。

交谈，是可以再次见面的那种说话。

凉子看着和尚打完了水，扫完了台阶。

直到和尚蹲在地上洗完了鱼，站起身要进屋，却又仿佛看穿了墙壁似的等着藏在院墙外的她现身，她这才从青灰色的墙根下慢吞吞地走了出来。

如果不是鼓起巨大的勇气，她也不会来这个地方，对和尚说话。

然而世间的机缘总是很奇妙的，一个来自东京名叫凉子的少女，此刻正站在琉璃寺的院门前与名叫渡部的和尚说话。难道这一切不奇妙吗？

"我想请您帮我和一个死去的人通话。一切拜托了！"凉子又说了一遍。

"你还是请回吧。"和尚说。

对于她的远道而来，对于她的比跨越了千山万水更难的开口，奇妙的机缘借了那和尚的嘴，是这样回答的。

"您的儿子……渡部君他……是我的学长。"凉子说，"我，是为了渡部君来的。渡部君，失去了他非常心爱的人吧。请告诉我关于这个女孩的一切。拜托了！"

渡部哲也在这所大学里一个由私人经营的放映厅打工。放映厅的前门是一间便利店，穿过狭窄的货架一直走到尽头，绿色木门的背后就是放映厅。

放映厅里摆着四张款式不一的沙发和十来把椅子，最多的时候可以容纳二十几人。投影仪和幕布都有点上年纪，即使播放最新的影片，画质看起来也无可避免地罩上了层怀旧色彩。

周五和周六的晚上，渡部哲也要在这里值夜，给无所事事来此打发时间的大学生通宵播放影片。他睡在放映厅角落里一张单人榻榻米上。如果有情侣要包场，榻榻米会被征用，他则留下绿色木门的钥匙，回宿舍去睡觉。

周一晚上是人最少的时候，只用在傍晚播放一场电影。等到客人散尽，他会给自己挑几部片子，一个人坐在幕布前看。地上摆上几罐啤酒，有时还有两盒烟。他在放映厅里一部接一部地看片子，直到凌晨。每当此时，原本逼仄的放映厅似乎也变得广袤而空阔了起来。

渡部哲也就是在一个这样的周一晚上，遇见这个名叫凉子的女孩的。

那天晚上他选了几部惊悚片，《屋脊里的散步者》之类。然而有一位客人迟迟不走，并且要求看《夜晚的远足》。

最后，两个人一起看了《夜晚的远足》《四月物语》《NANA》……还有《夏威夷少年》。

客人留着日本女学生最常见的那种短发，穿着棉质的吊带和短裤。大约是看到《NANA》的时候，她开始喝起了渡部哲也放在地板上的啤酒。俩人就这样，仿若情侣一样盘腿坐在幕布前的地板上，一部接一部地看下去。

倘若是平时，渡部哲也一定会觉得无聊，会把钥匙交给客人，自己回宿舍去睡觉。可是这一天不知道为什么，他一直没有离开。

他们喝光了啤酒，客人从随身的包里摸出来一盒烟。

她打开烟盒，从里面抽出了一支，夹在左手的食指和无名指上，又用右手把烟盒递到他面前。

"谢谢。"渡部哲也犹豫了一下，伸手从里面取出一支烟。

这时女孩已经把自己那支点燃了，她用还未熄灭的打火机也为他把烟点燃。

"谢谢。"烟点燃之后，渡部哲也又说了一次。

女孩一直没有说话，两人就继续看着幕布。影片里一个女孩正把身上的皮衣脱下来，披在另一个瑟瑟发抖的女孩身上。"我不怕，在寒冷的地方待惯了，这点冷不算什么。"她说。

而彼时其实正是盛夏。夜间的凉气仿佛全被阻隔在了绿色木门之外，放映厅里阴暗、潮湿而闷热。抽烟的两人缓缓吐出浅白如魂魄的烟雾——如同冬日温泉蒸腾起的热气。

这烟雾把他们分隔在不同的世界，又仿佛把他们连在了一起。就像沉没在水中的两个陌生人，他们因为身处同一片湖泊的底部，而无法分开。

由投影仪发出的光柱从他们头顶延伸向幕布，微尘和小虫在那光柱中飞舞。女孩抬起手臂，光柱中她手臂上的绒毛清晰可见。她动着手指，看手指的剪影在幕布上不停地变化，好像是一团来自上天的莫名黑影，抚摸着影片中的两个女孩。

女孩扭过头，看着渡部哲也，发现后者也正在看着自己。

毫无征兆地，他们都朝对方倾了倾身体。然后，接吻了。

渡部哲也感觉到对方冰凉而柔软的嘴唇。他在她身上找到了一种无比熟悉的感觉。他们的身体也很快贴到了一起，隔着薄薄的衣衫和细密的汗水。女孩伸出手臂，紧紧地抱着他，摩挲着他的背后。接着，她的手指沿着他的脊椎攀缘而上，握住了他的后颈。那手指如同嘴唇一样冰凉而柔软，在他后颈处上下摩挲。那个位置，有一块形状像小狗的文身。文身的颜色比渡部哲也本来的肤色要浅，说那是一只白色的狗也不为过。可是如果说那是文身，似乎也不太确切，或许应该是某种胎记。因为白色的文身也太不常见了。

在明亮的光柱之下，女孩浑身上下都变得阴暗、潮湿而闷热。她的脸颊和嘴唇开始变得发烫。她的身体里有个地方正像温泉那样，涌动着滚烫的水流。他明白如果不和她接吻，她就会马上死掉。

而他自己也会死掉。

两个沉没在水底的人,如果他们不这样紧紧抱在一起,不这样接吻,他们很快就会窒息而死。

最后当他们停下来的时候,两人都已经湿透了。他们像刚刚从湖底爬到岸上的幸存者那样,任由汗水从发梢滴落,肩头随着呼吸起伏不定。

"我是艺术部二年级生凉子。"她一字一顿地说,"你呢?"

"我是渡部哲也。"他说。

"舞子奶奶,给您添麻烦了。"渡部师父看着女孩上楼的背影,又转过身来朝站在玄关的温泉旅馆主人欠了欠身。

"没有关系,渡部师父。"舞子奶奶说,"正好今天做了些麻薯,带些回去吧。"

"谢谢您,那我就不客气了。"渡部师父看着舞子奶奶回身去用食盒装汤池门口供几上的麻薯,又抬头看看通往二楼的楼梯——女孩的身影已经消失在了楼梯尽头,"明天一早我就来接她,送她去汤山车站。"

"这孩子是哲也的女朋友吧?"舞子奶奶包好了食盒,走过来递给渡部师父,"真好啊,哲也都快大学毕业了。打算留在东京吗?"

"啊,姑娘自己并没有这么说呢。"渡部师父双手合十,接过了食盒,"我告辞了。"

凉子站在温泉旅馆二楼房间的窗户边,看着渡部师父渐渐走远,直到消失不见。她转身打量起这个房间。屋子一看就是几十年前搭建的,虽然老旧,室内却一尘不染。老奶奶独自经营着这个家庭旅馆,客房已经住满了,听说这一间是老奶奶孙子的房间。叠席上摆着薄毯和棉被,都是素色的。

凉子在房间的中间坐了下来。

慢慢地躺倒,舒展开四肢,摆成一个大字。

她仰头直愣愣地盯着天花板,好像在等待屋顶的角落里有什么鬼怪探出头来。

"真想知道啊。"凉子自言自语地说,"渡部君心爱的女孩子,到底是什么样子的呢?"

十岁那年的记忆有时候无比鲜明,有时候却又像掉进了树根深处的兔子洞。无论怎么伸手去抓,却只碰触到湿漉漉的泥土和曲折幽暗的通路。

父亲死后不久,家里住进完全陌生的男人。这个被凉子叫作"爸爸"的男人,有一次在她洗完澡时突然拉开门走进浴室,把她重重地顶在墙上。她吓得不敢动,也不敢哭,就那样僵持着。

后来男人放开了凉子。她赤身裸体地跑了出去,逃进自己的房间,反锁上门,趴在床上好久才回过神来,号啕大哭。

从此凉子再也不和男性说话。

十四岁的一天,凉子在浴池里放满了温水,用小刀割开手腕,躺了进去。

她让自己沉到水底,仰头看着水面,水慢慢变成了粉红色。

溺水的恐惧让她坐了起来。她抬起手臂,放到了浴池外,等待水和血都慢慢变凉。

手腕处的血液最终凝固了。她明白她再也不可能这样死一次。窒息而死或者失血而死,她的本能都不允许。哪怕在接下来的许多个夜晚,她必须用被子捂住耳朵,才能逃离这个喧嚣的世界。从隔壁卧房中传来的母亲的呻吟声像沿着铁轨行驶的火车,而凉子则是沿着铁轨奔逃的人。

人的本能是如此残忍,凉子不得不继续活着。

后来,母亲送凉子去当JK睡美人,每当凉子出张,她就去旅店隔壁的房间偷窥。她看到不同的男人来到凉子的房间,褪去凉子的衣服，搂着凉子睡觉。

肥胖的男人，消瘦的男人，秃顶的男人，长相还不赖的男人，沉默的男人，絮絮叨叨的男人，脸上冒着油光的男人，眼神寂寞的男人……

凉子的母亲独自站在那里，看着他们在年轻的少女身旁辗转反侧或者沉沉睡去，少女的光洁与柔软反衬得那些男人越发可怜与寂寞。那奇异的房间仿佛一个窥探人性的密室。

很长一段时间，凉子不知道自己为什么活着。仅剩本能支撑着她，日复一日在这令人窒息的世界上坚持着。有一天当她醒来时，看到床上躺着另一个女孩。客人大约同时点了两位JK睡美人出张，那个女孩比凉子晚到，因此也就更晚醒来。

凉子第一次从这样的角度看到了客人——或者说母亲——眼中的自己：一具沉睡的，透着樱桃甜味的肉体。

凉子贪婪地看着，好像躺在那里的是她的身体，而她的灵魂和双眼则离开了身体，坐在旁边看着睡熟的自己。

她第一次觉得自己身上原来还有如此美好的东西。

然而很快凉子又如梦初醒地明白过来，那些美好的东西不过是属于另一个女孩而已。

女孩趴在床单上，睡得安静而甜甜。

她的呼吸是如此安然。"她一定从来没有做过噩梦。"凉子想。她忍不住伸出手，轻轻停放在女孩随着呼吸而起伏的肩头。女孩的皮肤温暖而细腻，凉子像是被微弱的电流击中似的缩回了手。

她用冰凉而柔软的嘴唇，轻轻吻了一下女孩的嘴唇。然后轻手轻脚地下了床，穿好衣服。

离开房间的时候，凉子注意到女孩的后颈处有一块白色的印记。既不像胎记，又不像文身。

那印记是白色小狗的形状。

楼梯上传来脚步声。

凉子坐了起来。房间的移门被拉开，舞子奶奶探头进来问："还住得习惯吗？需要什么请尽管说。"

凉子朝舞子奶奶点了点头说："一切都很好，给您添麻烦了。"

"哪里的话。"舞子奶奶说，"听说你要赶着回东京呢，可是晚上去汤山车站的车在山路上走，不太安全。几年前有一家客人从爱知过来，他们的当家的就是单独开车走夜路过来会和，结果车在路上出事了。我也是极力挽留，那家人才答应住了一个晚上，第二天一早出发去接那男人的尸体。听说车在山路上打急弯的时候翻到几十米高的坡下去了。他被树枝挂住，不过发现的时候已经死了。"

"啊，那真是太可怕了。"

"是啊，所以还是明天一早再回去比较好。"舞子奶奶温柔地笑了起来，"否则现在坐渡部师父的车去汤山车站，在山路上或许会碰到那男人挂在树枝上的鬼魂呢。"

"舞子奶奶也相信鬼魂吗？"凉子问。

"你不知道吧，我年轻的时候是住在鸟羽的海女。河童啊水螅啊，我都亲眼见过呢。至于死去的人嘛……"

"至于死去的人？"

舞子奶奶平淡地说："如果我们这些活在这个世界的人无法忘怀，那么总是见到活在另一个世界的他们也就没什么好奇怪的了。"

"那么，渡部师父呢？他真的可以和死去的人通话吗？"凉子跪坐在席上，看着舞子奶奶。

"你就是为了这个来的吧？"舞子奶奶侧过头，摸了摸自己的头发，"哲也这孩子，可真是有福气呢。"

她没有再说什么，跟凉子道了晚安，就下楼去了。

凉子看看窗外，天色已经完全暗了下来。远远近近的山上都已经看不清树木，积雪反射着星光，群山像浑身长满白色绒毛的巨兽，呼吸轻软，睡意正酣。

她站起来，摸索到门边的开关，打开了灯。凉子这才发现房间里有一张矮柜。她走到矮柜旁边，俯身拉开了抽屉。

抽屉里躺着一个相框，隐约能看到照片上有三个人。

凉子伸手取出相框，放到灯光下一看，心顿时怦怦地跳了起来。照片上站在最左边的，是渡部哲也；最右边的，大约是舞子奶奶的孙子；中间，正是那个在做JK睡美人时遇到的女孩。

凉子不知道其他人是怎么看待"奇遇"的。

有些坏的奇遇，譬如天黑了在山林中行走，会被独眼的青坊主抓住；踏入神明居住的领地，隐藏在鸟居中的多罗怪会大叫着俯冲下来扯你的头发；又比如要是在下雨的稻田里遇上狐狸娶亲，它们就会变成小孩的模样，拿马粪给你吃，骗人说是牡丹饼。

十岁之前，凉子总是被父亲讲述的这些"坏奇遇"吓到。然而父亲去世之后，她才明白什么是真正的坏奇遇。

也有些好的奇遇。

她一直以为自己活不过十七岁，考大学也不过是为了搬离那个家。然而她并没有死在十七岁。凉子继续活着。有时候她以此为耻，有时候她心里茫然无知，只是不确定应该怎么死掉而已。

自从遇到那个有白狗文身的女孩，凉子的身上也慢慢有了奇妙的改变。

她像是一株插在器皿里的花朵，在日益枯萎中突然明白了要汲取水分和养料。她的身体渐渐变得湿润和富有弹性，不再愿意支离破碎地苍老下去。现在，凉子甚至能够不受伤害地去看待自己身上发生过的那些事情。她越发想好好活下去。

她很想再遇到那个女孩一次。每次走进陌生的房间，喝下放在床头的饮料，凉子的胃里都会被一种期待填满。这种期待是如此捉摸不定而又甜蜜馨香。等醒来的时候，还能见到她吗？那个后颈上有白狗文身的，比雪夜的星光还美好一百倍的少女。

然而凉子没能再见到她。

人与人的缘分就是如此奇妙吧。无论怎么努力，凉子都没有再遇到过她。

直到有一天，她在绿色木门后的放映厅里见到渡部哲也。他的后颈处，有着与那个女孩一模一样的白狗文身。

凉子忍不住吻了他。她的手指碰触到他颈部的那个印记，这是在上一次告别之后,她离那个有着白狗文身的女孩最近的一次。仿佛两个有着同样题目的谜语,凉子告诉自己,只要解开其中一个,就能解开另一个了吧。

这就是凉子的奇遇。

她觉得十八岁之前发生在自己身上的一切,都是为了要去与那个谜一样的女孩相遇。第一次,凉子不再惊恐地沿着铁轨奔逃,也不再沉溺在生活的湖底茫然无措。

她顺着这奇遇的指引拼命活下去。

她想了解关于那个女孩的全部世界。

很久很久以前,离这儿不远的山里住着一个养蚕的姑娘。

有一年,她养的蚕都生病了,一只接一只地死掉,只剩下最后一只。

这只蚕白胖胖,圆滚滚,十分可爱。

姑娘每天采桑叶回家喂它,这样又过了不少日子。

有一天,姑娘一不留神,蚕就被家里的一只白狗给吞到了肚子里。

姑娘伤心地哭了起来,蚕死了,她觉得自己恐怕很难过活。

没想到,吞了蚕的白狗突然打起喷嚏来。

一边打喷嚏，鼻子里一边喷出纤细白亮的丝线。

姑娘因此收获了比以往养一整年蚕还多的蚕丝。

然而当她抽尽最后一寸丝线，白狗也突然倒在地上，死掉了。

蚕和白狗都死了，姑娘伤心地哭了起来。

哭着哭着，她做了一个梦，在梦里，白狗温柔地对她说：请不要悲伤，因为我和蚕都去了天国。把我埋在屋后的桑树下吧，明年会有好事发生。

渡部哲也会在女生宿舍楼下等凉子。即使她化妆要花一小时也等。

会在联谊会上生气地说"不要给凉子喝酒"。之后牵着凉子的手送她回去。

会在绿色木门上贴只有凉子才看得懂的便利贴："便当很好吃，谢谢。"

会在海边公路上一口气骑车十公里，只要凉子说："不准停下来。"

他们一起看书、旅行、坐在地板上看电影。放映厅里的温度随着季节变换，渐渐由闷热转到有了凉意。

接着冬天到了,哲也和凉子一起走在飘着小雨的东京街头,说出的话都开始冒着白气。

"渡部君?"

"嗯?"

"脖子上的胎记真特别啊。"

"那个啊,不是胎记。"渡部哲也低下头,认真地想了一下然后说,"那是白狗文身,为了……守护一个朋友。"

"是谁想要渡部君去守护呢?这个人一定很重要吧!不行啊,我可是要吃醋的。"凉子用肩膀撞了一下渡部哲也的手肘。

"这个朋友,已经死了。"渡部哲也说。

他说完朝前走去,留下凉子怔在原地。

接下来的几天,凉子断断续续地从哲也口中得知那个重要的朋友和他一同在汤之山长大。然而其他的,哲也却不再肯多说。

她决定去哲也的家乡一趟。

然而当她一大早从东京坐JR线到名古屋,再转一个小时近铁到汤之山,接着坐两个小时的大巴抵达铃鹿山脉,爬上崎岖的山路来到琉璃寺见到渡部哲也的父亲的那一刻,真相仿佛离她却越来越远了。琉璃寺的院家渡部师父,并不比自己的儿子更擅于开口。要不是因为天色太晚,他当天就要开车送凉子去汤山车站。

留给凉子的时间，只剩下在温泉旅馆的这一晚。

天亮之后，渡部师父就要把她送走。而她也可能再也没有机会解开心里的谜团了。

凉子关掉了灯，钻进铺在地板上的被子里。她把怀里抱着的那个相框放到枕头旁边，借着走廊上透进来的些微亮光又看了一会儿。

照片上的三个人冲她微笑着。

凉子扭头看看窗外，天色已经完全黑了下来。白雪覆盖的群山看起来也不再是纯白色的。凉子盯着夜幕下灰色大海般的群山看了好一会儿，好像真相就藏在那起伏的波涛之间。

她现在能做的，就是等着黎明到来，天光渐亮，群山由灰色的大海变成白色的巨兽。

然后，把心里的疑问永远地埋藏。

唯有死者，永远十七岁。

村上春树这样说。

照片上的三个人，各自以不同的方式死在了十七岁。

三年前，狩野楠在附近的河滩溺水身亡。而他的两个朋友，照片上站在左边的渡部哲也和站在中间的栗川瞳奈却不得不继续活着。这使得他们在十七岁之后的生命，味道只剩苦涩。

柔和、绵长、湿润的苦涩。

这是在哲也遇到凉子之前的事情。

小时候，舞子奶奶曾经给他们三人讲过一个故事："很久很久以前，附近住着一个养蚕的姑娘……"

那个时候狩野楠刚刚换名字不久，之前他叫作狩野桑。所以楠格外喜欢听这个故事。靠啃噬桑叶为生的蚕，带来好运的桑树，忠诚又温柔的白狗——他已经熟悉到可以把故事的结尾背出来："姑娘把白狗埋在了屋后的桑树下。第二年，桑树上出现了很多蚕。姑娘养大了这些蚕，收获了很多很多蚕丝，从此过上了幸福的生活。"

"楠，就是瞳奈的蚕吧。"在狩野楠溺水身亡之后，哲也曾经这样对瞳奈说，"楠不在了，瞳奈就会觉得活着变得无比辛苦吧。"

十七岁的那个暑假，哲也约楠去河滩上画画和打水漂，两人相互恶作剧。楠去河心里洗澡，却发生了意外。

夏天转到秋天，哲也被东京的大学录取了，瞳奈也考入了三重县的一所大学。

哲也生了一场重病，不得不一开学就请了半年的病假。立春之后他终于收拾起行囊去了东京。在那里他遇到在JK服务店做工的瞳奈，听说已经从大学退学。

哲也黑着一张脸把瞳奈从酒局上拉走，留下一桌醉得七倒八歪，嘴里嚷着"喂喂！怎么回事？"的中年大叔。

"觉得活着很辛苦的话，就让我来做瞳奈的白狗吧。"哲也说，"是我吃掉了你的蚕，对不起。"

"不关你的事。"瞳奈甩开哲也的手。

她背转身走了几步，突然蹲在地上哭了起来。

哲也追上去，扶住瞳奈的肩膀，发现她的后颈处有一个形状像白狗的文身。

"楠，答应过要一直守护下去，"瞳奈泣不成声地说，"蚕也好，桑树也好，白狗也好……答应过的……"

在楠溺水之后，瞳奈把可以托梦的白狗文在了身上。

她有那么多的话，不知道怎么说出来。她有那么多的悲伤，在东京的时候整晚整晚睁着眼睛，无法入睡。

她做起了JK睡美人，希望在某一次入睡之后，有机会见到楠。然而醒来的时候，她脑子里却再也回忆不起任何梦境，嘴里只剩下苦涩。柔和，绵长，湿润的苦涩。

就是这样，在东京的时候，瞳奈遇到了凉子，凉子遇到了哲也。

而在东京的相遇，让哲也决定送瞳奈回汤之山去。

他们在哲也父亲的寺院里为楠做了一场法事，舞子奶奶也把温泉旅馆里关于楠的一切都小心地收拾打包，只在楠的房间里留了一张照片。

"放下吧。放楠去天国吧。"渡部师父说，"楠和你们告别了，他说，请不要悲伤。"

瞳奈抬起头，清朗的天空里空无一物。只是有一阵风吹到脸上，温柔、和煦，无比熟悉的感觉。

渡部师父说，如果总是无法忘记，那么死去的人的灵魂就会一直在我们的世界里飘荡。这个灵魂会如影随形地跟在每一个想念他的人身旁，注视着生者，意识不到自己已经死去。他会看到那些已经往生的人，也能看到那些不愿意忘记他的人，从而混淆生者与亡灵的界限，迷失在本不属于他的世界。

现在，瞳奈、哲也，还有舞子奶奶，他们都要在自己心里和楠告别了。

哲也握住瞳奈的手，把她的手放在自己的后颈处。

瞳奈摸到那里有一块新生的疤痕。

"让我来替狩野楠那个家伙,守护瞳奈吧。"哲也看着头顶的天空说。

风,停了。

请不要悲伤,因为我和蚕都去了天国。

把我埋在屋后的桑树下吧,明年会有好事发生。

就让我们用这种方式,把过去发生的坏奇遇埋葬。

接下来的日子,请努力汲取水分和养料成长,甚至也不要担心变老。

因为唯有死者,永远十七岁。

后　记

最近几年，常常被人问到"写作转型"的问题。

可能文风的变化是最大的。过去的作品承蒙前辈抬爱，说有灵气；而近年的创作，好像"灵气"变圆钝了。"近年"的写作，也有个地理位置上的变化。有着转型痕迹的作品，几乎都创作于旅居清迈的三年中。《宿主》《去他的时间尽头》《讨厌猫咪的小松先生》就写于这个时期。

为什么会有这样的变化呢？

可能和心境有关吧。在泰国这个微笑的佛国，时间的流逝变得无比缓慢。时间变慢有个好处，就是能让人更加从容地去看待当下。不够从容的话，就很难真正专注于当下，每分每秒都是焦虑的。我们的人生本就好似摸着石头过河,哪一块石头踏得稳,哪一块石头会打滑,心里如果总是担忧着这些,过河这件事就变得格外辛苦。而倘若心里笃定不管踏得稳还是打了滑,总归是能过河去的,好像所有的际遇就能以平常心照单全收了。

这种心境,也是我最近几年写作的心境。

好像不再追求"灵气"这种东西了,而是对"白描"人物的际遇本身充满了兴致。

写《宿主》和《去他的时间尽头》这两个中篇时,我常常带上笔记本电脑沿着1269号公路往山里开,沿途全是各种咖啡馆。而我最常去的一家,则是位于杭东的"清迈最美星巴克"。我住得离那家星巴克很近,门口免费停车,还能顺便在咖啡馆旁边的林平超市买蔬菜和牛奶。店员总在我那杯咖啡上画个笑脸,伸头出来"鹿卡,鹿卡"地喊我,发音极似泰语里的"小孩"。常去的位置也总是空着,刚好隐藏在角落,格外完美地挨着一个电源插座。

《讨厌猫咪的小松先生》中,"房东太太"和"小松先生"的原型,其实是一对夫妻。他们也常常"鹿卡,鹿卡"这样地跟我打招呼,高龄司机小松先生还曾开车带我去当地的一个耕牛交易市场，绕过一群臭烘烘的耕牛，买回来两棵杧果树种到院子里。杧果成熟的季节他会从屋子里找出一根长长的杆子，教我们打杧果。

回国之后，我需要一个通信地址，于是就用了"李正泰"这个名字。看到这个名字一次又一次出现在快递包裹、外卖订单上，那种感觉是很奇妙的。有好几次，外卖员在递给我袋子的时候，总会狐疑地反复确认："这是李先生的外卖，确定是你的吧？"

我似乎越来越和自己所描摹的一个又一个世界更为靠近了。

虽然近年的创作心境和际遇有诸如此类种种变化，但有一点我觉得是没有变的。我依然在无比热忱地观察着人间。

《宿主》写完后的夏天，我回了一次国，和几个多年老友一起自驾西北，几乎沿着顾夕寻找周扬的路线走了一遍。我们看到了高岗上巨大无比的白色风车，夜幕下废井口燃烧的熊熊火焰，黑色森林之上的漫天繁星，碧蓝如猫眼一样的翡翠湖泊……我们甚至还在冻得瑟瑟发抖的夜里去了一处天文馆。当透过寻星镜寻找着夜空中的星星时，我问自己：瞧，你这不就活生生地跨越时空，来到了顾夕寻找周扬的那条时间线了？到了白天，在广袤的戈壁上我们轮流开车，伴随着的《星球大战

4》(*Star Wars Episode IV*)的交响乐，我一度把油门踩到了200码都毫无察觉。

有时想，我骨子里其实是个挺大条的人。但人间的人和事多有趣啊，又怎么能不兴致勃勃地去看、去记录呢？

这本书里收录的《告别》，是从来没有公开发表过的一个短篇；《白狗》也是首次收录到我个人自选集里的作品。《告别》其实是我在完成《食梦貘少年之夏》那本书之后意犹未尽写的人物小传。楠是《食梦貘少年之夏》的主角，《告别》是楠的奶奶舞子和爷爷金泽一生的故事。然后我又写了一个用少女凉子的眼光重新看待食梦貘少年的故事《白狗》——可以看做同样的角色去经历了不同际遇的故事。

《告别》《白狗》这两个故事刚好凑成"告白"二字，它们记录的是谜一样的人生中，一些确定或不确定的时刻；平凡又温情的人生中，可能遭遇的那些悲伤、平静、治愈的时刻。在这些用悲伤和平静的针脚缝合而成的故事里，是好奇遇和坏奇遇交织着铺就的人生。

神奇的是，2016年日本科幻大会举办地点就在三重县的一家温泉旅馆。那是日本科幻大会第一次去到三重县，也是我第一次去日本。我怀揣着这个秘密去了那里，我知道这是一次多重宇宙的跨越——就像几年后我会和朋友们在西北自驾，跨越进《宿主》的宇宙一样。

感谢我的责任编辑刘丛女士，这次的插图她约请到了我非常喜欢的画家孙十七（现名孙日月）。我和十七曾经在《吹笛者与开膛手》这本书时合作过。有一次和十七聊起来，他说在给《吹笛者莫列狐》画插图的时候，有回半夜上完第一遍色，拿着画纸抖来抖去，把水分弄干，突然意识到，自己正一个人，大半夜，认认真真、一笔一画地勾勒一个死人。

这样的经历我也有过——过去我确实偶尔在夜间写小说的时候被自己写出的情节吓到。《冬天去到南方》就是在这样一些毛骨悚然的夜里写的。那是一次科幻作家们的接力赛，有点像"十日谈"——假设世界末日了，十个科幻作家躲进了地堡，每天有人讲一个世界末日的故事。我抽到的题目，是"在火焰的天空下仍然有人吟诗的世界末日"。于是我写了这个下雨天举家逃亡的故事（火焰变成了倾盆大雨，吟诗变成了收拾行囊，谢天谢地居然没有被判跑题）。

今年二月，王侃瑜女士来我家做了一次访谈。她在完成奥斯陆大学的一个文化研究课题《性别，自然，未来：21世纪的中国科幻》。我们一共聊了近四十个问题，她的提纲准备得翔实而充分。其中有若干问题是关于"女性科幻作家"这个身份的。

　　抛开"科幻作家"不说，我个人是真的很爱"女性"这个身份。女性力量是一种不可忽视的力量，女性视角也是我写作时天然采纳的视角。然而我做得还不够，希望我能够再勤奋些，观察、共情和表达得再具备力量些，就像写出了《逃离》《亲爱的生活》的艾丽丝·门罗那样。

　　《直到时间尽头》是一本真正意义上的个人作品自选集。

　　我不知道这六个故事能不能从某种程度上带给你愉悦、力量或者慰藉，但我由衷地希望你能喜欢。

程婧波

2022 年 5 月 20 日